Carol Eden
n'existe pas

Frédéric Quinonero

Carol Eden
n'existe pas

roman

© 2023 Frédéric Quinonero

Éditeur : La Libre Édition
1852, route départementale 59
30960 Saint-Jean-de-Valériscle

Impression : Books on Demand, Norderstedt, Allemagne

Illustration : SergeyNivens / Depositphotos.com

ISBN : 978-2-9586711-0-5
Dépôt légal : février 2023

À la mémoire de Michel Jeury

« Toute vie qui ne se voue pas à un but déterminé est une erreur. »

STEFAN ZWEIG
Vingt-quatre heures de la vie d'une femme,
Paris/Neuchâtel, V. Attinger, 1927.

Tout a commencé par un coup de fil, un matin de septembre, deux jours avant le déluge qui allait dévaster la région.

Une voix inconnue, une voix d'homme. Il s'est présenté à elle : Patrick Ussel, journaliste. Il a cité le nom d'un organe de presse qui ne lui disait rien, mais elle n'a pas relevé. Elle a juste pensé : « Un journaliste, allons bon ! Depuis quand ces gens-là ne m'ont-ils pas harcelée ? Dix ans ? Quinze ans ?... De quoi diable veut-il m'entretenir, celui-là ? » Oh, elle se doutait bien de ce qui l'amenait et n'était vraiment pas disposée à se montrer agréable ! Elle avait passé l'essentiel de sa vie à les fuir comme la peste, ces fouille-merde.

Elle lui a fait répéter son nom, histoire de gagner du temps et de préparer une réponse claire pour l'éconduire.

« Ussel. Comme la ville de Corrèze. Mon nom ne vous dit rien ?

— Non. Il devrait ? »

Il a laissé la question en suspens.

« Je suis en train d'écrire un livre. Une sorte de biographie. »

Elle a laissé échapper un rire sarcastique : « Une biographie ? De moi ?

— Une sorte de biographie de Carol Eden. »

Ah ! Carol Eden. Le nom était lâché.

« J'aimerais vous rencontrer et échanger avec vous, madame. Vous seule êtes en mesure de rétablir la vérité… »

Elle a manqué lâcher le combiné.

« La vérité ! Dieu du ciel, quelle vérité ? De quoi parlez-vous ? a-t-elle demandé avec une pointe d'agacement.

— J'ai longtemps travaillé à ce projet, vous savez, je me suis énormément documenté, j'ai effectué des recherches, réuni des documents écrits et filmés sur Carol Eden, et croyez bien, madame… »

Elle ne tenait pas à en savoir davantage :
« Je regrette, monsieur, mais je ne vois pas en quoi je peux vous être utile. J'ignore de qui vous parlez.

— Vous n'êtes pas… ?

— Je suis Dominique Brenner.

— Oui, vous êtes la sœur…

— Il y a plus de vingt ans que ma sœur est morte, cher monsieur ! l'a-t-elle interrompu à nouveau. Vingt-trois ans, précisément. Elle s'appelait Nelly. Nelly Brenner. C'est ce nom-là qui est gravé sur sa tombe.

— Mais…

— Carol Eden n'existe pas. Elle n'a jamais existé ! »

Et elle a raccroché.

Il était près de dix-neuf heures, ce dimanche 8 septembre 2002, quand un éclair spectaculaire déchira le ciel. La lumière se mit à vaciller, à faiblir jusqu'à disparaître puis revenir. Elle ferma le robinet d'eau et quitta en pestant la cabine de douche. Après une poignée de secondes, le tonnerre fit trembler toute la maison.

Toute la journée, le ciel avait été lourd, avec des averses fortes mais brèves pendant l'après-midi. Là, soudainement, il venait de virer du gris au noir, augurant de façon inquiétante le renforcement de l'activité orageuse.

Elle enfila un peignoir et une paire de tongs, enroula prestement ses cheveux dans une serviette de bain et, tandis qu'elle s'engageait dans le couloir qui conduisait à la salle de séjour, elle entendit la pluie se remettre à tomber de plus belle. Un nouvel éclair illumina la pièce, presque aussitôt suivi d'un roulement de tonnerre et elle réalisa soudain qu'elle avait laissé Charlie, son chien, un vieux berger belge aussi froussard qu'elle, dehors. Elle frotta énergiquement ses cheveux et, après avoir jeté la serviette sur un dossier de chaise et attrapé un parapluie dans l'entrée, elle fonça sous l'averse, contourna la maison en pataugeant dans les flaques, manqua se casser la figure à plusieurs reprises à cause de ces foutues tongs, pour aller chercher au fond du parc le pauvre toutou, blotti dans sa niche, tremblant et gémissant.

Elle tenta de le rassurer en lui caressant le crâne : « C'est fini, mon Charlie, c'est fini ! » Puis, se frappant la cuisse d'un coup sec, elle cria d'un ton jovial : « Allez viens, le chien, on rentre à la maison ! »

À l'instant où elle posait la main sur la poignée de la porte d'entrée, lui parvint le bruit d'un moteur et elle aperçut un Toyota 4x4 qui amorçait la montée du chemin caillouxteux qui conduisait au Mazet – c'est ainsi qu'on appelait ce type d'habitation tout en pierre, très prisée en Cévennes, et c'était également le nom de sa propriété sur les hauteurs d'Anduze. Quoiqu'effrayé par l'orage, Charlie obéit à sa fonction de gardien et se mit à aboyer, toutes dents dehors. Seuls ses yeux larmoyants et sa queue basse exprimaient l'angoisse qui l'agitait.

« Chhhhut ! On se tait ! » lui ordonna-t-elle.

Le véhicule, immatriculé dans les Hauts-de-Seine, stoppa à hauteur du portail. Un homme, jeune d'apparence, en sortit. Elle pensa qu'il s'agissait d'un touriste surpris par l'orage. Il cria pour couvrir le bruit de l'averse :

« Bonjour ! Je crois bien que je me suis perdu.

— Entrez donc, c'est ouvert ! » cria-t-elle à son tour.

Il poussa la grille et s'engagea d'un pas énergique dans la longue allée de graviers, bordée de plantes vivaces et d'arbustes fruitiers dans leurs hauts vases en terre cuite vernissée qui faisaient la réputation de la ville d'Anduze.

« Eh bien, on peut dire que vous avez choisi votre jour pour vous perdre ! »

Une lueur amusée éclairait son visage tandis qu'il approchait. Un beau garçon, constata-t-elle. On lui aurait donné une petite trentaine d'années. Ses cheveux bruns grisonnaient légèrement sur les tempes, ce qui ajoutait à son charme.

« Vous n'avez pas l'allure de celui qui se perd, lui fit-elle remarquer tandis qu'elle jaugeait sa mise, le costume gris clair un peu froissé, la cravate bordeaux, la chemise blanche au col amidonné et les chaussures vernies. Sans vouloir vous fâcher, il semblerait que votre tenue ne soit pas tout à fait appropriée à ce type de temps ! À votre place, j'aurais opté pour le style gentleman-farmer ou pêcheur breton, voyez.

— Et pourquoi pas le peignoir de bain et les tongs ! » rétorqua-t-il avec une pointe d'ironie dans la voix.

Elle prit soudainement conscience de son apparence et un léger sentiment de honte la saisit.

« C'est à cause du chien », se justifia-t-elle en lorgnant ses pieds maculés de boue. Puis, tandis qu'il la dévisageait avec une insistance qui accentuait sa gêne, elle lança sur un ton faussement détaché : « Dites, vous vous prenez pour Gene Kelly ? Entrez donc vous mettre au sec un instant et vous me direz à qui vous comptiez rendre visite sous ce déluge ! »

La porte poussée, Charlie fila se blottir dare-dare quelque part à l'abri. Elle abandonna ses tongs boueuses et le parapluie trempé dans l'entrée, près du portemanteau, puis stationna un court instant devant le miroir mural du vestibule pour arranger vaguement ses cheveux avec les doigts. La glace lui renvoya le reflet d'une folle, la tignasse blonde filasse, les joues écarlates et les cernes sous les yeux qu'elle n'avait pas eu le temps de camoufler sous le maquillage. Elle pensa qu'il ne serait pas malin de se rajeunir de dix ans, même si l'envie lui en prenait. « Tu portes pleinement tes cinquante-quatre piges, ma vieille ! » se fit-elle mentalement la remarque, résignée. D'un revers de main elle effaça ce piteux reflet et précéda son visiteur impromptu jusqu'à la salle de séjour.

« J'arrive de Paris, l'informa-t-il en considérant une œuvre composite de Julian Schnabel qu'elle avait achetée il y a une vingtaine d'années dans une galerie d'art à Londres et accrochée au-dessus de l'enfilade relookée en gris patiné blanc. Je suis sur la route depuis onze heures ce matin. J'écoutais la radio pendant le trajet et les prévisions…

— Dominique Brenner ! » articula-t-elle avec autorité, le bras tendu.

Il demeura un instant perplexe.

« Dominique Brenner c'est mon nom, précisa-t-elle, le bras toujours levé. Quand deux personnes se rencontrent, l'usage réclame qu'une fois que la première s'est présentée, la seconde en fasse autant et saisisse la main qui lui est tendue. En tout cas, j'apprécierais beaucoup que vous respectiez ce principe assez courant, histoire de ne pas me laisser lanterner dans cette position aussi ridicule qu'inconfortable !

— Oh, désolé ! Je m'appelle Patrick Ussel. On ne se connaît pas mais on s'est parlé… »

Elle se raidit brusquement.

« Pardon ?

— Non, je disais qu'on s'était parlé l'autre jour...

— Votre nom ? demanda-t-elle d'un ton ferme.

— Ussel. Comme la ville...

— ...de Corrèze, je sais ! Et vous êtes...

— ...journaliste. Je disais donc qu'on s'était parlé au téléphone il y a deux jours. Vous vous souvenez ? Et pour reprendre le fil de notre conversation, sachez que j'ai déjà eu l'occasion de me rendre au cimetière où repose votre sœur. Nelly Brenner, c'est en effet le nom qui est inscrit sur sa tombe. Moi, c'est Carol Eden qui m'intéresse, quoiqu'il s'agisse – sauf erreur – de la même personne. Et puis, comme vous savez, les tombes étant généralement muettes... »

Elle réfréna l'envie folle de lui jeter un objet à la figure.

« Fichez le camp ! lui ordonna-t-elle, le menton levé et le doigt pointé vers le hall d'entrée.

— Vous n'allez pas me jeter dehors, tout de même ? Sous ce...

— Sortez, je vous dis ! hurla-t-elle d'une voix stridente, le doigt toujours pointé en direction de la porte. Est-ce que vous avez besoin d'un traducteur pour comprendre cela, bon sang, ou est-ce que vous maîtrisez parfaitement le français ? Quittez cette maison sur-le-champ !

— Euh... Pour votre information, le dernier bulletin météo faisait état d'une alerte orange sur la région. On exhortait même les personnes, dans la mesure du possible, à ne pas prendre leur véhicule et à rester chez soi. Et, euh... tout cela en français, n'est-ce pas ? »

Pour prêter foi à ses propos, le ciel se zébra en plusieurs endroits et le tonnerre reprit à gronder, sourdement d'abord, puis de façon plus nette, pour finir en un claquement sec et aigu, comme un coup de fouet. Un frisson de peur, qu'elle s'employa vainement à dissimuler, la parcourut tout entière.

« Ça vous arrange bien, n'est-ce pas ? » parvint-elle à articuler avec force et tout le mépris dont elle était capable. Dominant l'angoisse qu'elle sentait croître en elle, elle s'efforça de donner le change, le regard fixé sur son interlocuteur.

Il laissa échapper un rire moqueur.

« Vous êtes tous pareils, vous les journalistes ! lui cracha-t-elle au visage. Quand vous avez une idée en tête, vous ne lâchez jamais. Moi qui croyais que vous vous étiez perdu, comme vous l'avez prétendu en arrivant. En réalité, vous saviez précisément où vous alliez !

— Enfin, quoi ! Qu'y a-t-il d'inconvenant à aborder la carrière de votre sœur ? rétorqua-t-il. Je peux comprendre ce que cela a de douloureux pour vous, mais sachez que mon but n'est pas de…

— Vous ne croyez quand même pas, sous prétexte de mauvais temps, que vous allez passer la nuit ici ? le coupa-t-elle net, envisageant soudainement cette perspective qui lui paraissait à la fois inconcevable, car elle ne connaissait cet homme ni d'Ève ni d'Adam, et rassurante étant donné qu'elle n'était pas certaine de survivre à cette nuit qui s'annonçait effroyable, isolée dans cette maison, avec pour seule compagnie un brave chien pétochard.

— Ben… » Il regarda brièvement ses chaussures, prenant l'air embarrassé, puis, en la fixant droit dans les yeux : « Enfin, disons que ce n'était pas mon intention. Je n'ai rien calculé. Pas même de débarquer chez vous en catastrophe et encore moins de devoir compter sur votre obligeance afin d'échapper peut-être à une mort aussi affreuse que prématurée.

— Cessez ce jeu avec moi ! protesta-t-elle, incapable de supporter les images tragiques que ses propos venaient d'animer. Si vous pensez qu'il suffit de faire de l'esprit pour m'amadouer, vous vous trompez lourdement.

— Désolé de vous avoir froissée, réagit-il. OK, ce n'était pas drôle. Mais c'est la vérité, madame Brenner. Quand j'ai quitté Paris en fin de matinée, il faisait un temps à peu près clément. Certes, la radio annonçait des perturbations dans le Sud, mais rien de catastrophique. Des pluies et des orages comme il y en a chaque année à cette période. »

Elle écarta ces mots d'un mouvement du bras et répliqua, sur un ton à peine radouci : « Ne vous fatiguez pas, allez ! Je suis incapable de laisser un chien dehors par un temps pareil, comment pourrais-je y expédier un homme, quand bien même celui-ci est journaliste ! »

À peine avait-elle terminé sa phrase qu'un festival d'éclairs embrasa le ciel. Patrick Ussel se tourna vers la baie vitrée qui, dans le prolongement de la salle de séjour, ouvrait sur un salon extérieur en véranda et offrait un magnifique panorama de la vallée et des monts cévenols.

« Oh, là ! Un vrai feu d'artif... »

Un sifflement suivi d'un double coup de tonnerre, ébranlant les murs, la porte d'entrée et les fenêtres, lui cloua le bec. La foudre n'était pas tombée loin, manifestement.

Elle se rua sur le canapé en cuir blanc du grand salon, contigu à la salle de séjour. Recroquevillée sur elle-même, les genoux enveloppés de ses bras, bouche bée et regard figé sur la vitre de la véranda, elle passait probablement aux yeux de ce jeune homme pour une faible femme, sans courage ni dignité, voire même un peu sotte, mais ce phénomène d'angoisse suscité par les éléments déchaînés échappait à tout contrôle et toute mesure. Le vent, aussi effrayant que l'orage, secouait avec une violence inouïe les arbres, chênes et pins, qui ceinturaient la maison et elle paniquait à l'idée que l'orage ne les foudroie et n'embrase leurs branches, dont certaines caressaient la toiture. Ussel l'observait avec une malice non feinte. Il se disait sans doute qu'au rythme où déclinaient ses défenses, elles ne tarderaient guère à fléchir vers le point de non-résistance.

« Je tiens à m'excuser pour ma manière, euh, disons… indélicate, d'avoir déboulé chez vous sans préavis, dit-il, mais…

— Ah, non ! le coupa-t-elle, les yeux fermés, crispant très fort ses paupières, comme elle avait coutume de faire quand elle voulait recouvrer son calme. Épargnez-moi ce genre de simagrées, s'il vous plaît ! »

Il insista : « Je ne voudrais pas que vous pensiez que c'était prémédité. J'avais l'intention de venir vous voir, en effet, mais…

— Prémédité ou pas, le résultat est le même : vous êtes là ! Et vous me voyez ! Satisfait ? » rétorqua-t-elle, en quittant le canapé pour se diriger vers la baie vitrée.

Ils restèrent un long temps silencieux, sous la lumière stroboscopique des éclairs et le martèlement de la pluie, sonnant comme des poignées de plomb sur le toit de verre de la véranda, faisant craindre qu'il ne cède sous le poids et s'effondre avec fracas. Elle contemplait obstinément le paysage effrayant à travers la vitre et se demandait, tandis que son visiteur persistait à l'observer comme une marchandise dont on chercherait à estimer le prix, si tout cela était réel, si la fin du monde approchait et, en ce cas, si la présence de ce journaliste sous son toit s'avérait une bonne ou une mauvaise chose. Elle finit par se convaincre que l'occurrence n'était pas forcément mauvaise, tout en s'imposant d'oublier la fonction de cet homme, les raisons qui l'avaient conduit ici, cherchant à l'envisager comme une présence forte et valeureuse, apte à la protéger de la folie qui menaçait au dehors.

Elle resserra son peignoir, puis traversa la pièce, en lançant au passage : « Il serait temps que j'enfile une tenue plus décente, qu'en pensez-vous ? »

Il lui décocha un sourire. Elle le trouvait fort séduisant quand il souriait, mais s'employait à ne rien laisser paraître de ses émotions. Elle ne tenait pas à ce qu'il puisse supposer que la partie était gagnée et qu'à la faveur d'une expression encourageante il se croie autorisé à certaines libertés.

« Je crois que vous allez devoir me servir de chaperon pour la nuit. Après tout, c'est vous qui l'avez décidé, n'est-ce pas ? dit-elle en montant les premières marches de l'escalier en bois vers l'étage, talonnée par son pauvre toutou apeuré. Vous avez sans doute des affaires à récupérer dans votre voiture. Profitez-en pour aller les chercher pendant que je me change.

— Je vais aussi en profiter pour me changer et faire sécher mon costume, si vous permettez. »

Elle acquiesça et lui indiqua d'un geste la salle de bains. Puis, depuis le couloir en mezzanine qui conduisait à sa chambre, elle cria : « Ne laissez pas votre voiture dans le chemin. Rentrez-la et garez-la sous l'abri de jardin ! On ne sait jamais. »

Elle enfila un jean, un chemisier bleu ciel et des baskets blanches, prit le temps de se coiffer convenablement et de se maquiller avec soin, avant de redescendre, suivie du fidèle Charlie. Depuis les escaliers, elle remarqua sur la grande table ronde en verre et fer forgé de la salle de séjour une serviette en cuir noir et un ordinateur portable. Patrick Ussel avait également rapporté un petit sac de voyage, posé au pied du portemanteau dans le hall d'entrée. Il s'était changé et portait un polo vert, un pantalon court en coton blanc et des mocassins de même couleur. Il passait en revue les rayonnages de la bibliothèque qui couvraient la totalité du mur sous la mezzanine.

« Si vous cherchez une biographie de Carol Eden, je vous signale qu'il n'en existe pas », lança-t-elle d'un ton badin, tout en sortant deux grands verres à pied du vaisselier gustavien, dans la salle de séjour, qu'elle vint poser sur la table basse du grand salon.

« Un verre de Chablis bien frais, ça vous dit ? proposa-t-elle à son invité fortuit.

— Oh, volontiers ! »

Patrick Ussel la talonna jusque dans la cuisine. Pendant qu'elle remplissait un seau de glace pilée pour y plonger la bouteille de vin, il s'enhardit à aborder le sujet prohibé.

« C'est curieux que personne n'ait jamais eu l'idée de raconter, sous quelque forme que ce soit, le destin de votre sœur. »

Il évoquait le parcours de Carol Eden, la notoriété qui l'avait faite icône d'une génération, ses chansons qui résonnaient encore dans le cœur de nombreux fans. Elle le laissa parler sans mot dire. Il ne mesurait pas combien tout ce passé remuait de choses enfouies en elle. Ils apportèrent le seau et la bouteille dans le grand salon et prirent place, lui sur le canapé, elle sur un fauteuil, autour de la table basse, Charlie couché à leurs pieds. Elle servit le vin et ils trinquèrent en levant leurs verres.

Ussel continuait à parler seul. Au moment où il fit mention de « conte de fées » pour qualifier le destin si singulier de Nelly Brenner, devenue Carol Eden, elle ne put s'empêcher d'intervenir : « Un conte de fées ? Comme vous y allez ! Tout ça ne s'est pas fait sans tourments, sans heurts ni grincements de dents, vous savez.

— Ah ? »

Cet « ah » interrogateur appelait une explication claire et détaillée. Ce journaliste à la petite semaine voulait donc tout savoir ! Elle se passa la main sur le visage, prit le temps d'avaler une gorgée de Chablis et d'allumer une Marlboro dont elle aspira longuement la première bouffée. Et elle finit par se décider. Soit ! Au lieu de passer la nuit à contempler un ciel d'épouvante et attendre dans l'angoisse qu'il leur tombe sur la tête, elle consentit à faire contre mauvaise fortune bon cœur.

« Voulez-vous qu'on se téléporte le 20 mars 1964 ? proposa-t-elle. Autant commencer par le commencement, n'est-ce pas ? »

« Je vous ai trouvée ! »

Ce sont les premiers mots qu'elle avait entendus de la bouche d'Allan Torel et qui allaient rester gravés en elle pour le restant de sa vie. Il avait gueulé ça très fort pour couvrir le vacarme que menaient quatre énergumènes armés de guitares électriques dans la salle voisine. Ces types-là, présomptueusement nommés *Golden Boys*, comme on pouvait le lire inscrit à la craie blanche sur le grand tableau noir accroché au mur de l'entrée, étaient les derniers postulants du « Tremplin » de ce vendredi soir au Golf-Drouot.

Assise sur un tabouret de bar, Nelly Brenner, seize ans, sirotait un Coca en attendant le verdict du public qui allait bientôt élire le groupe vainqueur de la soirée. Elle avait attaché ses cheveux blonds en queue-de-cheval avec une cordelette blanche et portait sa tenue de scène : un tricot noir à col rond et un pantalon fuseau de même couleur, avec des ballerines aux pieds.

Elle a sursauté comme s'il l'avait tirée d'un rêve, s'est tournée vers lui et l'a reconnu aussitôt. Tout à l'heure, tandis qu'elle chantait *Carol* de Chuck Berry en yaourt anglais, elle avait capté son regard : il se tenait devant l'estrade, immobile et les bras croisés, parmi les spectateurs électrisés. Un type pas mal, grand et mince, brun aux yeux sombres, le teint hâlé, genre Gregory Peck dans *Capitaine sans peur* en légèrement plus jeune, qui l'observait avec une sorte d'intérêt stoïque, celui que porterait un paléontologue à un fossile de l'ère quaternaire. Ça met moyennement à l'aise une pareille apparition, en costume trois pièces, au milieu de l'hystérie collective. Pas très *rock and roll*, avait-elle pensé. Puis, elle n'avait pas du tout d'attirance pour les hommes maigres, au thorax étroit, même si à cet instant elle ne connaissait pas encore les intentions du bonhomme.

« Vous me cherchiez ? a-t-elle crié à son tour, stupéfaite.

— Oui. Enfin, pour être précis, je cherche une chanteuse qui vous ressemblerait. Je suis Allan Torel, directeur artistique chez Philips. »

Philips, imaginez ! La firme d'origine hollandaise qui comptait à son catalogue Gainsbourg, Nougaro, Cloclo et surtout Johnny dont elle avait épinglé le poster géant au-dessus de son lit !

« Euh... Nelly... Nelly Brenner, du groupe Nelly & les Rebelles », a-t-elle articulé, en trébuchant sur les mots et serrant la main qu'il lui tendait. Une main molle et moite, comme de la guimauve au soleil. Beurk ! Elle détestait ça. C'était même dans son top 5 des trucs qu'elle trouvait rédhibitoires chez un homme, avec les thorax étroits ! Mais Philips, pensez ! Elle s'en soucierait un autre jour de la main molle. Et elle a ajouté, solidaire : « Mes copains s'appellent Dany, Bobby et Ronnie. »

Il se fichait pas mal de ses accompagnateurs de fortune qui se prénommaient en réalité Daniel, Robert et René, mais l'époque voulait qu'on prenne des pseudonymes qui sonnent américain : à peine s'il leur avait prêté un œil tout à l'heure. Non, il n'avait vu – et entendu – qu'elle. C'était du moins ce qu'il lui révèlerait par la suite et elle n'aurait aucune raison de ne pas le croire. Sacré flair dont il ne cesserait de se vanter plus tard auprès de tout le métier : en deux minutes trente-cinq, le temps d'une chanson, Allan Torel avait entrevu tout le potentiel de Nelly Brenner, son physique d'abord, plutôt avantageux, ses longs cheveux blonds, son allure gracile et élégante, sa fraîcheur, son enthousiasme, autant de qualités qui compensaient quelques imperfections vocales, liées à un manque d'assurance aussi légitime que pardonnable chez une débutante. Et il se rengorgerait comme un coq d'avoir décelé en elle ce « quelque chose » qui faisait la différence – car Torel avait auditionné d'autres filles, une bonne dizaine, avant de jeter son dévolu sur Nelly –, ce petit « plus » qui ne s'apprenait pas, ne s'improvisait pas, et qu'il désignait par l'expression « avoir le feu sacré ». En la découvrant sur la scène du Golf-Drouot, il l'avait estimée comme un fruit encore vert, dans lequel on mordrait volontiers mais à qui il faudrait apprendre l'essentiel du métier. Pour cela, il était plutôt confiant car il avait reniflé la besogneuse, la passionnée. Et surtout, il était tombé raide dingue de sa voix, mélodieuse et puissante, un peu rauque : une voix chaude, sensuelle, pour reprendre ses propres termes, ceux-là qu'il lui dirait longtemps après, en même temps qu'il lui dirait le reste, l'émotion ressentie ce soir-là en l'écoutant chanter et les quelques larmes discrètement essuyées.

De but en blanc, il a décidé : « Je vous emmène avec moi. »

Elle l'a considéré, stupéfaite.

« Quoi ? Là, tout de suite ?

— Là, tout de suite ! a-t-il répété, péremptoire.

— Vous… vous n'y pensez pas ! »

Il lui a décoché son sourire de séducteur : « Non seulement j'y pense mais je vais m'y employer. »

Et de joindre le geste à la parole : la faisant doucement glisser de son tabouret, une main posée au bas de son dos et l'autre sur son bras, il l'a attirée vers la sortie, se faufilant parmi les jeunes gens qui circulaient d'une pièce à l'autre, la plupart paradant dans leur plus belle tenue de soirée, les filles portant des robes bouffantes serrées à la taille, qui mettaient en valeur le décolleté et accentuaient les hanches, et les cheveux crêpés comme des barbes à papa, les garçons cravatés et gominés, le pli au pantalon de leur costume.

« Mais… mais je ne peux pas m'en aller maintenant, a-t-elle dit. Et les résultats du Tremplin ?

— Ah oui, le Tremplin ! » a-t-il marmonné, sans s'arrêter.

Bah oui, le Tremplin ! Ça faisait des semaines et des mois qu'elle attendait ce moment, on n'allait quand même pas lui gâcher ce plaisir ! Lorsque Dany lui avait annoncé la semaine dernière que c'était OK, qu'ils étaient enfin sélectionnés pour concourir, elle avait cru mourir. Le Tremplin du Golf ! Il ne se rendait pas compte, ce grand dadais à main molle et thorax étroit, avec sa cravate rayée et son costard bleu marine de premier de la classe ! Des quantités de jeunes gens auraient marché sur la tête pour se produire sur cette scène qui a vu débuter Johnny, Eddy, et tant d'autres !

« Je… je voudrais savoir… »

Il a jeté un rapide regard vers elle : « Tu veux savoir quoi, au juste ? » (Elle a songé : eh bien, il ne perd pas de temps, le bougre ! Voilà qu'il me tutoie !) Puis, l'attrapant par les épaules : « Tu veux savoir si tu as obtenu le fabuleux diplôme signé de la main d'Henri Leproux ? C'est juste ça qui t'intéresse ? Tu parles d'une victoire, ma belle ! Un bout de papier à encadrer et punaiser au mur de ta chambre !

— Ben…

— J'ai beaucoup mieux à te proposer, figure-toi : l'enregistrement d'un disque et la possibilité d'entamer une carrière de chanteuse. On cherche de nouveaux talents chez Philips, c'est sérieux ! Tu n'as pas vu les réclames dans la presse ? Mais au préalable, il me paraît indispensable qu'on fasse connaissance, tous les deux. Je fonde de grands espoirs sur toi. Ça ne suffit pas d'épater un parterre de boutonneux dans un concours, avec le répertoire des autres. Je veux que tu me montres ce que tu as dans le ventre. » Il a appuyé avec le doigt sur son nombril.

Elle n'était pas sûre d'être complètement réveillée, il lui aurait fallu se pincer pour en avoir la certitude. L'espace d'un instant, elle a pensé qu'elle était filmée par *La Caméra invisible* et s'attendait à ce que l'un des deux Jacques, Rouland ou Legras, rapplique pour lui signifier que c'était un coup monté pour la télé. Elle a fixé Torel, hypnotisée, cherchant à décrypter ses intentions. Il parlait comme un homme pressé, avec son corps mince et nerveux qui bougeait tout entier, sa tête, ses bras, ses jambes. Comme s'il y avait le feu. On l'aurait cru, à des moments, secoué par une décharge électrique.

« Alors, tu me suis ?

— Et… mes copains ?

— On s'occupera d'eux plus tard.

— Mais… »

Elle s'est interrompue devant la lueur sombre qui passait subrepticement dans ses yeux, une expression qu'elle n'aurait su définir avec exactitude sur le moment et qui lui deviendrait familière, ce regard glacial qu'arborait Allan Torel dans les moments d'impatience et d'agacement où un mot de trop pouvait le jeter dans une rage effroyable. Il l'a scrutée avec cet air-là pendant un instant puis a débité, à toute allure, qu'elle ne devait pas se méprendre sur son compte. Il pouvait, si l'envie le prenait, avoir toutes les jolies filles à ses pieds, l'affaire était entendue, il lui suffisait de claquer les doigts pour qu'elles cèdent à ses désirs. Mais, pour l'heure, il ne s'agissait pas de ça, il l'avait choisie elle, Nelly Brenner, pour briguer une éventuelle carrière artistique. Elle ne pouvait douter de ses intentions. Il a répété en prononçant les mots avec force : « Une carrière artistique ! Est-ce que tu saisis ? » Puis, lui prenant le bras : « Viens. Je vais te prouver sur-le-champ que je ne raconte pas des salades. » Et de l'entraîner sur le palier entre les deux salles. Là, près de la caisse, se tenait Henri Leproux, le maître des lieux, vêtu de son traditionnel gilet de cuir noir sur une chemise bleue et un pantalon de flanelle grise.

« Hey, salut Henri ! lui a-t-il lancé avec fougue. Formidable, le Tremplin de ce soir ! À ce propos, pourrais-tu m'accorder une faveur ? Cette demoiselle m'a fait une sacrée bonne impression. Je souhaite lui faire passer un essai en studio. Qu'en dis-tu ? »

Leproux a répondu : « Bonne idée, cher Allan. Je pense, en effet, qu'elle a du talent. »

Ils étaient tous deux à la dévisager comme une bête curieuse et elle a baissé les yeux vers ses chaussures.

« Ça t'ennuie si je l'emmène avec moi, là, tout de suite ? Tu remettras le prix à ses copains musiciens !

— Quel prix ?

— Le premier, bien sûr. Celui qu'elle mérite. »

Torel lui a donné une tape sur l'épaule et Leproux a souri.

« Ciao, Henri. Je compte sur toi. Elle reviendra te voir bientôt, promis ! Et... en vedette !

En passant devant la cabine minuscule qui tenait lieu de caisse, Torel a crié : « Salut Colette ! », en faisant un grand geste de la main. Et se tournant vers Nelly : « C'est la femme d'Henri.

— Vous connaissez tout le monde ! a-t-elle chuchoté, admirative, alors qu'ils s'apprêtaient à descendre l'escalier vers la sortie et qu'elle a sursauté en découvrant brusquement son reflet dans l'impressionnant mur de miroirs à sa gauche.

— Eh oui ! J'espère que tu es rassurée. Je n'ai pas l'intention d'abuser de toi, si c'est ce que tu pensais », a-t-il répliqué, un sourire carnassier aux lèvres, tout en poussant la double porte à battant en bas des marches.

Elle a pensé toutefois que la chose n'était pas exclue, mais s'est bien gardée de le dire ! Un type qui abordait une fille avec une telle désinvolture et l'entraînait de façon aussi expéditive avait plus souvent en tête l'envie de satisfaire un besoin bassement physiologique que celle de lui signer un contrat de chanteuse ! Connaître Henri Leproux ne constituait en rien une garantie de bonne moralité. Après tout, que savait-elle de ce type ?

Elle n'a pas hésité à le suivre, pourtant. Une voix à l'intérieur d'elle-même lui murmurait qu'elle devait faire confiance à cet homme. Cette même voix mystérieuse qui, depuis qu'elle était toute petite, lui répétait inlassablement qu'un jour quelqu'un viendrait comme par miracle et exaucerait son rêve, tel le prince de Cendrillon.

***

« Allan Torel était-il ce prince miraculeux ? »

La voix grave de Patrick Ussel, en la tirant de ses souvenirs, la fit sursauter.

Torel, un prince ! Elle éclata d'un rire strident et nerveux.

« Décidément, vous avez l'art d'enjoliver les choses ! » répliqua-t-elle, tout en remplissant leurs verres. Elle but lentement une gorgée de Chablis et alluma une autre cigarette, avant de poursuivre : « Oh, non, vraiment, Torel n'était pas un modèle de douceur, de prévenance et d'altruisme ! Ce type avait des yeux et des oreilles partout. Avec lui, vous aviez constamment l'impression de passer un examen. Se sentir détendu à ses côtés relevait de l'exploit. C'était un personnage rude, borné, fixé de manière opiniâtre sur ses objectifs, un être dogmatique capable de colères fracassantes, voire pire, de crises de furie… Loin, si loin du séducteur qui affichait son plus beau sourire en public ! »

Un silence plana, empli du grondement sourd de l'orage à l'extérieur. Elle venait manifestement de se délester d'un lourd paquetage, toutes ces choses non dites qu'elle avait jusque-là gardées sur le cœur, et Patrick Ussel lui laissa le temps de profiter du soulagement que cela pouvait lui procurer avant de demander : « Allan Torel avait ce genre de comportement avec sa chanteuse ?

— Avec elle comme avec tous les gens qui travaillaient pour lui. Je dirais même : encore plus avec elle ! Il fallait qu'elle suive son rythme et se range continûment à son avis, comme s'il était un génie divin. Ce n'était pas tous les jours fête, croyez-le.

— Et pourtant…

— Pourtant oui, je vous l'accorde si c'est ce que vous alliez dire : l'histoire est belle ! Et il serait ingrat d'émettre le moindre regret. »

Le vin commençait à l'étourdir. Elle se leva pour aller chercher des amuse-bouche dans la cuisine. Elle fit couler le robinet de l'évier et se tamponna le visage d'eau froide. À son retour dans le salon, le claquement du tonnerre la fit tressaillir. Tapi aux pieds du fauteuil, le chien poussa de petits gémissements aigus.

Vers vingt et une heures, la pluie et l'activité orageuse s'intensifièrent.

Elle alluma la radio pour avoir des nouvelles. Elles n'étaient pas bonnes. Sur France Bleu Gard-Lozère, on parlait d'un système orageux dit en V, capable de perdurer plusieurs heures et de faire rage sur un même secteur, et on alertait donc les auditeurs d'une situation appelée à empirer pendant la nuit, des contreforts des Cévennes jusqu'aux plaines languedociennes. Vers Sommières, les cours d'eau avaient débordé et envahi dangereusement les routes. Des automobilistes s'étaient retrouvés coincés, surpris par la brusque montée des eaux. Par endroits, le courant charriait avec une force furieuse des arbres et des débris végétaux, de la boue, de la caillasse, des véhicules. On redoutait des pertes humaines. Un événement climatique exceptionnel s'annonçait, de même amplitude que ceux supportés par les villes de Vaison-la-Romaine dix ans plus tôt et de Nîmes en 1988. On rappelait le déluge survenu à Anduze pendant l'automne 1958 – on apprendrait bientôt que l'intensité des pluies diluviennes de cette nuit de septembre 2002 avait dépassé celle de septembre 1958, jusqu'alors prise comme référence.

Elle appuya sur la touche *off* de la télécommande radio. Elle contenait mal une forte envie de pleurer. Avec le dos de la main elle s'essuya les yeux, avant de reprendre son récit où elle l'avait abandonné. S'absorber dans l'histoire de Carol Eden lui permettait d'apaiser la terreur qui l'étreignait. Pour un peu, elle aurait remercié Patrick Ussel.

Elle serait donc Carol Eden.

Allan Torel a choisi ce nom très vite, il s'est imposé à lui comme une fulgurance dans le taxi qui les conduisait jusqu'à son duplex de la rue Victor-Hugo. *Carol*, c'était le titre rock de Chuck Berry qu'elle avait chanté au Golf Drouot, et « Eden », sans doute en référence à *East of Eden*, le film de Kazan avec James Dean et non au roman de Steinbeck qui s'en inspirait ou encore au « Martin » de Jack London – Torel n'était pas un littéraire, il était plus féru de chiffres que de lettres, même s'il se plongeait volontiers, à temps perdu, c'est-à-dire dans les avions ou les trains lors des tournées interminables, dans des livres d'histoire et d'archéologie. Lui préférait donner une autre explication à ce choix : il disait avoir promis le paradis à sa chanteuse et pariait que ce nom lui porterait bonheur.

Dans le taxi il s'est mis à parler, parler, sans discontinuer. En une poignée de minutes, il a récité tout un catéchisme élaboré pour métamorphoser Nelly Brenner en Carol Eden, un arsenal de directives auxquelles elle devrait se soumettre sans délai. L'essentiel tenait à son apparence et à sa fonction de chanteuse : Torel évoquait au passage tout l'argent qu'il allait mettre en jeu, ce qu'un lancement de carrière coûtait d'investissements et de sacrifices, sans trop s'attarder cependant sur cet aspect des choses car elle n'avait pas à se soucier d'argent, il disait que c'était à lui qu'en incombait l'entière responsabilité, c'était son « job », son business. Il s'est plutôt ingénié à détailler la partie qui lui reviendrait à elle au cours des semaines et des mois à venir, le champ artistique et la communication, les sessions d'enregistrement, les photos, les interviews, la promotion, la façon de paraître et de se comporter en public, l'art d'entretenir une part de mystère tout en paraissant accessible… Et sur ces thèmes il a déroulé un laïus interminable, un flot de paroles dans lequel elle s'est, pour ainsi dire, noyée.

Allan Torel ne prévoyait pas l'échec : c'était pour lui une chose impensable.

Issu d'une famille modeste d'immigrés italiens, il était né Alain Torelli en 1934 à Marseille où il avait grandi dans les quartiers Nord avec la volonté de réussite chevillée au corps. Dès l'adolescence, il avait entrepris de s'affranchir de son milieu social. Parti seul pour Paris, il avait multiplié les petits boulots pour financer ses études commerciales. Sa passion pour la chanson, transmise dès son plus jeune âge par la radio familiale qui marchait en permanence, l'avait conduit à fréquenter les lieux propices pour se familiariser avec la faune du show-business et, après une expérience d'aide-comptable dans une société de constructions mécaniques, il était entré chez Philips par la petite porte. Son goût du challenge lui avait permis d'évoluer très vite. Un séjour d'un an à New York lui avait enseigné les rudiments du métier de producteur artistique. Et ses velléités professionnelles avaient été favorablement servies à son retour à Paris par l'avènement des yé-yés et la réussite de managers aussi ambitieux que lui, mais moins érudits. Ainsi était né Allan Torel qui, à la faveur de ce nouveau nom, avait coupé net le lien avec ses origines…

Sa rencontre avec Nelly Brenner avait marqué l'aboutissement d'une ambition de longue date. Ils allaient réussir. Tous les deux. Ensemble. Main dans la main. Il s'agissait de convaincre sa partenaire : il n'y avait aucune raison pour qu'il en soit autrement. Cela devait pénétrer une fois pour toutes dans son cerveau : « au-cu-ne-rai-son ». Il a articulé ça très fort, en détachant les syllabes.

Elle ne savait strictement rien de lui, à cet instant. Mais elle découvrait, stupéfaite, son incroyable aplomb, cette façon constante qu'il avait de jouer les caïds, comme si hardiesse et témérité étaient ancrées dans son ADN. Cet homme, constatait-elle, ne s'exprimait guère qu'au présent et au futur, rarement au passé, jamais au conditionnel, c'était sa force : rien ni personne n'aurait pu s'opposer à lui dans ses volontés, dans la concrétisation de ses projets ! Et s'il devinait la moindre lueur de défiance dans l'œil de l'autre, il trouvait aussitôt une riposte musclée, rassurante ou déstabilisante, à lui servir. D'emblée, Nelly a observé cet aspect-là de sa personnalité et, comme elle n'aimait pas beaucoup ça, les caïds, ces types qui se croient au-dessus du nombre et font leur propre loi, elle a cédé pendant quelques secondes à la panique. Mais cela ne l'a pas empêchée de le suivre. Car il s'imposait d'être en toutes circonstances un roc contre lequel s'écrasaient les mauvaises pensées. Décidée en son for intérieur de s'en remettre à lui, en confiance, elle s'est engagée à croire ce qu'il disait, à tout accepter de lui, à cause de la voix dans sa tête qui serinait : « Cet homme est la chance de ta vie. Ne le laisse pas filer. »

Au début, elle s'est demandé comment il fallait l'appeler, si elle devait dire Monsieur Torel, Monsieur Allan ou Allan tout court. Devait-elle le vouvoyer ?... Elle saurait tout de lui, tout en se soumettant à ses exigences sans pouvoir l'apprivoiser vraiment, au fur et à mesure qu'elle deviendrait Carol Eden et que leur relation connaîtrait une plus grande intimité…

Nelly n'a pas retenu grand-chose du laïus que Torel lui a servi dans l'auto, puis chez lui, le premier soir. Certains des tenants et aboutissants du métier lui semblaient obscurs. Elle a vaguement compris qu'un travail colossal l'attendait, mais cela ne l'inquiétait pas. Elle s'accrochait à une phrase lâchée une première fois dans le taxi, puis redite dans le duplex de Torel au moment de sabler au champagne leur avenir commun, cette phrase qui l'a traversée comme une formule magique : « À compter de ce jour, tu t'appelles Carol Eden et tu es chanteuse ! »

Une fois dehors, un vertige euphorique l'a portée le long des rues, légère, sautillante. Et ce n'était pas seulement l'effet du champagne, qu'elle goûtait pour la première fois. Pendant plus d'une heure, elle a erré sans but, comme saoule, prononçant des phrases à haute voix, se retenant de les crier. La ville lui semblait animée de troublantes vibrations qui l'enveloppaient d'une force vive. Les gens sur les trottoirs arboraient des visages amis, humains et compatissants. Elle leur offrait son plus beau sourire, avec l'envie de les embrasser. Elle aurait voulu embrasser Paris tout entier, absorber dans sa plénitude le bonheur qu'elle éprouvait en ce jour, à cet instant, et le renvoyer ensuite en mille éclats de lumière. Désormais, elle le savait et se le répétait comme un doux refrain dans un sourire béat, mouillé de larmes : rien ne serait plus comme avant. Un vent de liberté soufflait sur elle, faisant voler le passé, ouvrant grandes les portes d'un monde nouveau, empli d'espérance et d'appréhension. Cela, parce qu'elle s'appelait Carol Eden et qu'elle était chanteuse.

« Vous étiez au Golf Drouot le soir du Tremplin ? », lui demanda Patrick Ussel dans la lumière surréaliste des éclairs et le martèlement de la pluie sur le toit et sur les vitres de la véranda.

Il lui fallut quelques secondes avant de rassembler ses esprits et revenir au temps présent. Elle allait répondre que oui, bien sûr, comment pouvait-il en être autrement, puis s'est reprise : « Euh… non. Non, je n'y étais pas, en fait… Notre mère était souffrante. Une mauvaise grippe… J'étais restée auprès d'elle… Nelly s'était inscrite au Tremplin avec ses amis musiciens.

Ils s'étaient tous rencontrés par le biais d'une annonce placardée par le batteur chez un disquaire de l'avenue de Taillebourg, près de Nation. Ensemble, ils jouaient dans les cinémas de quartier ou les bals de banlieue, du côté de Nanterre ou de Colombes, où ils se rendaient dans la Simca Aronde du bassiste.

Ils étaient tous amoureux d'elle, mais elle n'avait cédé à aucun des trois pour ne pas gâcher la belle amitié qui les unissait. Pendant l'été 63, ils avaient sillonné le littoral et chanté dans les casinos des stations balnéaires. Le Golf c'était une aubaine pour Nelly, elle ne l'aurait pas laissé passer. En réalité, c'était une aubaine pour tout le monde.

— Vous voulez dire : pour vous aussi et pour votre mère ?

— Oui... Pour tout le monde. Je veux dire : c'est le début d'une aventure qui a changé notre vie.

— Enfin, sauf aux potes musiciens...

— Si, leur vie a changé aussi. Car Nelly ne les a pas oubliés. Elle s'est occupée plus tard de leur trouver des contrats...

— Votre sœur était une amie pour vous, n'est-ce pas ?

— Nous avions un lien particulier. On a longtemps partagé la même chambre, la même classe à l'école, les mêmes jeux. Mais pas forcément les mêmes envies, les mêmes rêves… Plus tard, on a travaillé ensemble. On ne s'est quasiment jamais quittées. »

Vers vingt-deux heures, il pleuvait toujours à un rythme soutenu et l'activité orageuse ne cessait pas. On comptait plus d'une dizaine d'éclairs par minute. Les lueurs s'infiltraient partout, on ne savait comment : la lumière inondait la maison, offrant une clarté surnaturelle. Exceptionnelle était la fréquence des impacts de foudre au sol dont on percevait le tremblement, instantanément escorté d'un coup de tonnerre retentissant… Puis, le vent. Un vent variable, qui ralentissait par moments, puis reprenait à toute force. Ce mouvement lancinant du vent allait durer toute la nuit, jusqu'au matin. Mais rien ne paraissait plus effrayant que cet orage qui se faisait parfois discret, donnant l'impression de s'éloigner, alors qu'il ne bougeait pas : il stationnait comme une masse menaçante, suspendue là-haut dans un ciel d'encre.

Dans les minutes qui suivirent, l'électricité fut coupée.

Affolée, elle courut chercher dans le cellier une boîte de bougies et deux chandeliers en bronze à trois branches, quand bien même la lumière du dehors suffisait à éclairer la pièce et à sculpter l'espace. Tandis que son compagnon de fortune allumait les bougies, elle rapporta de la cuisine une autre bouteille de Chablis grand cru et toutes sortes de victuailles froides, charcuteries, fromages, pain de campagne, chips, fruits, qu'elle posa sur la table du salon.

Ils mangèrent un long moment sans parler, en écoutant le déluge tomber. La flamme des chandeliers, posés l'un sur la table ronde du séjour, l'autre sur l'enfilade du grand salon, diffusait une lumière orangée qui faisait glisser des ombres sur le visage du journaliste et, l'affinant, lui donnait parfois une expression enfantine. Ce visage lui rappelait quelqu'un d'autrefois, un acteur de cinéma peut-être...

« Quel était le métier de votre mère ? demanda-t-il à voix basse, comme pour ne pas troubler l'ambiance étrangement feutrée qui s'était soudainement installée. On la disait parfumeuse…

— Oui, la presse racontait qu'elle était parfumeuse… Ce n'était pas vrai. Notre mère faisait le ménage chez Mme Jason de Médard qui occupait seule tout l'étage au-dessous du petit appartement de service qu'elle lui avait attribué et où nous vivions toutes trois entassées, au 49 de la rue des Mathurins, dans le quartier de la Madeleine ; elle y a travaillé pendant des années, depuis notre prime enfance jusqu'à ce qu'elle a appelé « le miracle Carol Eden ». Torel en avait décidé ainsi, à cause du prénom de notre mère. Elle s'appelait Rose. Rose Brenner. Il a lancé comme une évidence : « Avec un prénom pareil, on est prédestiné à travailler dans les parfums ! » Aucune objection n'était autorisée, bien sûr. Cela lui plaisait de faire du roman autour de nos origines et, pour rendre la chose parfaitement crédible, il a rameuté des photographes de presse et payé ce qu'il fallait pour que nous posions toutes les trois dans les Galeries

Lafayette, ma sœur et moi encadrant maman au rayon des parfums, c'était n'importe quoi !... Rose Brenner sentait plus souvent l'eau de Javel que l'eau de Cologne. Mais ça faisait moche de dire que la mère de Carol Eden était « bonniche ». En bon mentor, Torel cherchait à exploiter cette idée de conte de fées qui avait réussi à d'autres, même si son but n'était pas de transformer sa chanteuse en fille de bonne famille bourgeoise, ni de verser dans le misérabilisme à la Zola. Vendeuse en parfumerie, il trouvait que ça avait de l'allure. Soit ! Il n'y avait qu'à s'incliner.

Maman a joué le jeu, ça ne la dérangeait pas d'être attifée en parfumeuse et de poser pour les photographes. Bien au contraire. Rien ne la dérangeait du moment que cela contribuait à nous sortir de notre mouscaille et à concrétiser les rêves de gloire de sa fille. Puis, la situation n'était pas désagréable, ça la changeait de nettoyer la merde des autres. Qui se plaindrait d'être pomponnée en toutes occasions et de sentir le N°5 de Chanel ? »

« Rose Brenner a savouré la réussite de Carol Eden comme si c'était la sienne. Il faut dire qu'elle avait ça dans le sang elle aussi, la chanson, la comédie, tout ce cirque, depuis toujours. Une passion secrète qui l'avait un jour conduite à tomber comme une idiote dans les bras d'un patron de cabaret, avec l'espoir qu'il lui ouvrirait les portes du music-hall parisien.

De la revue, Rose Brenner l'avait été, certes, et dans les grandes largeurs ! Mais pas de ce genre de revue qui se jouait sur les scènes du Moulin Rouge ou des Folies Bergère ! Ce beau parleur, play-boy de pacotille, qui illuminait les nuits parisiennes et devint fortuitement notre père à Nelly et à moi, avait jeté notre mère dans un désespoir aussi noir que le fond de la Seine où elle a failli sombrer corps et biens un matin d'hiver. Rose Brenner avait compris qu'il ne servait à rien d'insister : ce type était marié et père de famille, il craignait le scandale. Alors, elle s'est contentée d'une poignée de billets qu'il lui a glissée dans la main comme à une pute, assortie, en guise de mot d'adieu, de cette amabilité proférée tandis qu'elle se trouvait déjà sur le pas de la porte de la chambre d'hôtel, son manteau sur le dos : « Et tu peux t'estimer heureuse. Car rien ne prouve que je sois le père de cet enfant. Des filles comme toi, qui acceptent de s'allonger pour réussir, il y en a treize à la douzaine qui poussent la porte du cabaret tous les soirs ! » Voilà de quoi vous figurer le personnage et étouffer à tout jamais vos rêves de gloire, en même temps que vos considérations sur l'amour !

De ce père par accident il ne fallait pas non plus parler. Les filles mères avaient mauvaise réputation. Allan Torel, dont le cerveau fonctionnait à mille à l'heure, avait solutionné le problème en inventant à Carol Eden un géniteur disparu tragiquement, on n'a jamais dit comment. Ce qui n'était pas tout à fait un mensonge…

Finalement, Rose Brenner n'a pas piqué une tête dans la Seine. Elle s'était donné le temps de réfléchir. Et de pleurer, pleurer, tout son saoul, comme sans doute elle ne pleurerait jamais plus. Comme la Fanny de Pagnol, avec la même foi judéo-chrétienne inébranlable, elle avait fini par se souvenir entre deux sanglots qu'elle portait la vie – deux vies, en l'occurrence, mais elle ne le savait pas encore – et n'avait pas le droit de se livrer à un suicide collectif. Alors, elle avait prié Dieu, s'Il se souciait encore d'elle, pour qu'Il lui donne la force de continuer.

À la rue où notre foutu géniteur l'avait jetée, elle était restée quelques jours, passant les nuits dans le hall de la gare Saint-Lazare. Puis, à la fin du printemps 1948, Rose Brenner, dix-huit ans et enceinte, une liasse de billets de merde en poche, avait trouvé refuge chez une ancienne camarade d'école qui l'avait hébergée pendant plus d'un an sans rien demander en retour, sinon une disponibilité amicale. Cette formidable partenaire, qui travaillait alors comme secrétaire dans un cabinet d'avocats et serait par la suite embauchée par Allan Torel comme directrice du fan-club de Carol Eden, s'appelait Catherine Gentil, la bien nommée.

Ma sœur et moi n'avons jamais connu nos grands-parents, je sais seulement qu'ils étaient de famille bourgeoise et que notre mère n'aurait pas eu besoin de trimer comme elle l'a fait pour nous élever s'ils avaient eu un brin d'indulgence et d'amour dans le cœur.

Curieusement, vos vieux confrères journalistes n'ont jamais cherché à fouiller de ce côté-là…

C'est peu après notre naissance, alors qu'elle cherchait du travail et un toit, que notre mère a rencontré Donatienne Jason de Médard (ma sœur et moi l'avons immédiatement surnommée « Jason-de-mes-deux »). Voilà ce que le bon Dieu de Rose Brenner avait consenti à faire pour elle. Comment pouvait-elle encore espérer après la chance ? Ça ! Elle n'est plus là pour répondre ! Mais notre mère avait la croyance facile : elle avait aussi foi au destin et, comme il l'avait copieusement nantie, elle, Rose Brenner, en planches pourries qui se dérobaient sous les pieds et cargaisons diverses à vous ruiner les épaules et vous briser le cœur, elle prétendait que rien de pire ne pouvait arriver à ses enfants, que le destin ne reproduisait jamais un même schéma dans une famille, ou bien avait-il la délicatesse de sauter une génération. Autrement dit, elle nous avait « dégagé le terrain ».

Ma mère disait depuis toujours que Nelly avait un don artistique particulier et deviendrait quelqu'un. Dès son plus jeune âge, elle avait placé tous ses espoirs en elle. Donatienne Jason de Médard en avait fait autant. Un beau jour, elle a installé Nelly au piano, chez elle, un piano droit Erard en bois de palissandre qui l'émerveillait tant, et entrepris de lui enseigner le solfège. Nelly avait six ans. Aussitôt appliquée à cet apprentissage, elle a ingurgité avec virtuosité l'enseignement progressif de *La Méthode Rose*, ainsi que les exercices de Czerny et de Bach, puis remporté quelques prix à des concours de jeunes talents. Donatienne Jason-de-mes-deux, qui n'était pas si *de-mes-deux* que ça *a priori* puisqu'elle continuait à lui dispenser ses cours gracieusement, se montrait fière de ses aptitudes. Elle qui n'avait jamais eu d'enfant la chaperonnait dans les théâtres, en compagnie de notre mère. Les gens se demandaient parfois de qui Nelly était la fille !

Donatienne, qui se chargeait en outre d'habiller sa protégée de pied en cap pour ces fastes occasions – je me rappelle une robe de princesse en taffetas et tulle rose que

Nelly a longtemps portée et qui la faisait ressembler à un bonbon – et se figurait que l'argent conférait tous les pouvoirs, a formulé un jour le souhait de l'adopter, afin qu'elle puisse développer ses talents et sa créativité artistiques commodément, en toute légitimité. Elle voulait le meilleur pour Nelly, disait-elle, et briguait une place au Conservatoire national, rien de moins. Elle la rêvait concertiste.

« Tu n'arriveras à rien si tu demeures confinée dans ton milieu familial, lui serinait-elle. Lorsque l'on naît vilain petit canard et qu'on ambitionne d'être un cygne majestueux, on doit impérativement quitter son monde étriqué et hostile ! »

C'est alors que Rose Brenner a mis le holà et inscrit Nelly à un cours payant de son choix, pour bien signifier à Donatienne qu'elle était parfaitement capable, toute bonniche qu'elle était, de se sacrifier pour l'éducation musicale de sa fille. Elle a sommé sa patronne de se tenir à sa place. Pour la première et la dernière fois de ma vie, j'ai vu ma mère s'élever vigoureusement contre l'autorité.

À l'adolescence, Nelly s'est prise de passion pour le jazz et le rock and roll. Elle a délaissé un peu le piano, car on ne l'autorisait guère à s'écarter du répertoire classique, et renoncé au concours d'entrée au Conservatoire, au grand dam de Donatienne qui a refusé de lui adresser la parole pendant des mois. Mais Nelly s'amusait déjà à composer des mélodies. Le soir, au retour de l'école, elle envoyait dinguer ses affaires dans un coin et se ruait sur le poste de radio, un Sonneclair posé sur une petite table à roulettes, que notre mère avait acheté pour égayer le quotidien, avant de nous offrir un transistor que nous nous disputions, surtout le soir lorsque blotties chacune dans notre lit, nous voulions écouter le programme de Radio Luxembourg qui diffusait tous les succès anglo-saxons. Une fois le bouton tourné, les pensées de Nelly se concentraient exclusivement sur ce seul objet d'où s'échappaient des musiques et des voix familières. À cinq heures du soir, c'était l'instant sacré de *Salut les copains*, l'émission de Daniel Filipacchi (Oncle Dan) sur Europe n°1, elle ne l'aurait ratée pour rien au monde. Les devoirs pouvaient attendre, elle était là, assise tout près de la table à roulettes, l'oreille collée au haut-parleur, captivée, transfigurée, hypnotisée. Les chansons l'emplissaient d'un sentiment de bien-être et lui insufflaient une détermination à déplacer les montagnes : c'était sa vie, son mode d'expression, tout le reste l'ennuyait ou l'indifférait. Elle fredonnait les succès à la mode, avec une préférence marquée pour les airs entraînants, balançant sa tête et battant des pieds au rythme de la musique. Notre mère ne lui opposait aucune objection, jamais. Elle disait au contraire qu'il fallait lui laisser vivre sa passion.

Nelly Brenner occupait donc l'essentiel de son temps à se rêver chanteuse. On la surprenait en train de s'inventer des signatures. Avec un stylo feutre, elle s'appliquait à écrire en lettres bien rondes « Ton amie Nelly ». Des Nelly avec des boucles, sans boucles, soulignés ou pas, ornés de petits dessins, de croix, de fleurs, de cœurs. Elle en couvrait des pages entières de cahier jusqu'à trouver la graphie à son goût, celle qu'elle passerait l'essentiel de sa vie à tracer sous un autre nom – celui de Carol Eden écrit distinctement et souligné d'un trait, avec un cœur en guise de ponctuation – à l'intention des fans sur des pochettes de disques, affiches et photos glacées, à s'ankyloser le poignet.

Parfois, comme nous n'avions pas de poste de télévision, Donatienne nous invitait à venir regarder chez elle les émissions de Jacqueline Joubert et d'Albert Raisner. C'est ainsi que nous avons découvert, un soir, dans *Âge tendre & Tête de bois*, une jeune chanteuse qui secouait frénétiquement ses couettes en scandant *ad libitum* que l'école était finie, et cette découverte a achevé d'affirmer la conviction de Nelly, non pas qu'elle voyait en la fille aux couettes un équivalent artistique mais plutôt une parenté sociale. Jusqu'ici, elle avait rêvé devant Sylvie Vartan et Françoise Hardy, passé des heures devant la glace de la penderie, une brosse à cheveux à la main en guise de micro, à tenter de reproduire leur gestuelle, leurs mimiques, mais ces filles-là étaient si éloignées d'elle, de par leur origine, leur condition, qu'elle doutait pouvoir un jour jouer dans la même cour. Et voilà qu'elle apprenait que la jeune néophyte, qui semblait passionner les foules, était issue d'un milieu modeste de commerçants ambulants.

Partout, on parlait du « conte de fées » de la « petite Sheila », comme s'il s'agissait d'une Cendrillon moderne.

C'est aussi à cette époque-là qu'elle a voulu me tuer. »

Patrick Ussel sursauta : « Vous tuer ?

— En fait, c'est moi qui ai bien failli la tuer. Enfin, c'est une impulsion qui n'a pas prêté à conséquence. Un coup de sang. Nous nous sommes violemment disputées. Je me suis jetée sur elle et j'ai failli l'étrangler.

— Pour quelle raison ? »

Elle éluda, tout en extrayant la bouteille de vin du seau rafraîchissant pour remplir leurs verres : « Ce n'est pas important... Vous souhaitiez que je vous raconte l'histoire de Carol Eden, pas la mienne, n'est-ce pas ?

— Vous étiez jalouse d'elle ? » insista Ussel.

Elle hésita un long temps avant de répondre. Elle quitta sa chaise et se dirigea, le verre à la main, vers la baie vitrée du salon extérieur. Dehors, la pluie avait cessé. Le tonnerre aussi. Un léger moment de répit, très court. Pendant quelques secondes, une paire de minutes peut-être, un silence assourdissant occupa l'espace, presque aussi inquiétant que le tonnerre. Une étrange atmosphère de fin du monde. Le front appuyé contre la vitre, elle ferma un instant les yeux.

« Comment ne pas être jalouse ? finit-elle par dire alors que l'ambiance orageuse s'installait à nouveau et qu'elle regagnait le fauteuil face à son invité. Vous avez une sœur ou un frère ? Comment auriez-vous réagi si cette sœur ou ce frère avait été l'enfant préféré, celui-là qu'on admire, adule, chouchoute, votre mère d'abord, puis tout le monde ensuite ?

— Mais vous l'aimiez votre sœur, n'est-ce pas ?

— Je crois, oui. Nous nous aimions d'un amour exclusif. Pendant toute notre enfance et une partie de l'adolescence, nous avons été indissociables, comme je vous l'ai dit, chacune ne pouvant faire un pas sans l'autre. Puis, la chanson s'est immiscée entre nous. Chacune a suivi son destin, même si nous sommes restées très proches. L'une dans la lumière, l'autre dans l'ombre. Je l'ai aimée et détestée. Je me suis investie pour elle, j'ai beaucoup sacrifié. Jusqu'à m'oublier. Tout tournait autour d'elle. Nous nous sommes tuées toutes deux, en somme. Pour faire exister Carol Eden. »

« Alors ? »

La voix ferme et autoritaire d'Allan Torel la mettait dans tous ses états.

« C'est… comment dire…, a-t-elle bredouillé en dodelinant de la tête et en grimaçant.

— Tu te trouves mauvaise, c'est ça ?

— Non, c'est juste que… »

L'ingénieur du son est intervenu : « Tu ne reconnais pas ta voix ! »

Elle a levé les yeux vers la cabine.

« Oui, c'est ça.

— Rassure-toi, a-t-il dit. C'est l'effet que ça fait quand on s'entend pour la première fois. Il faut un peu de temps avant d'apprivoiser sa voix. »

Il était sympathique, l'ingénieur du son. Il s'appelait Armand Prieur. C'était un grand bonhomme, à la carrure impressionnante. Dans le studio, il dominait la situation à tous points de vue. Elle appréciait sa bouille rayonnante, assortie d'un sourire coquin. Il semblait l'avoir à la bonne. Elle avait même cru comprendre à sa façon de lui jeter des œillades à la dérobée qu'elle ne le laissait pas indifférent.

Mais les paroles bienveillantes de l'ingénieur du son, ce jour-là, n'ont pas suffi à lui donner confiance. Ses yeux se sont brusquement embués de larmes qu'elle s'est efforcée en vain d'étouffer. La pression était telle qu'elle a laissé couler.

Armand Prieur a ajouté, sans cynisme, le visage barré d'un large sourire : « La première fois, elles font toutes ça : elles chialent, on a l'habitude ! »

Torel semblait se radoucir, même si le ton demeurait impatient : « Bon, ça va aller. C'est juste une tempête dans un verre d'eau. Un mauvais quart d'heure, pas plus. »

Les larmes ont coulé de plus belle. Et Torel a ordonné : « Vas-y, pleure, ma belle, ouvre les vannes, vire-moi ça une fois pour toutes pour qu'on n'en parle plus. Et recommence depuis le début ! »

Recommencer, encore et encore. Le leitmotiv d'Allan Torel : vingt fois, cent fois sur le métier remettre son ouvrage.

« Tu sais Allan, je pensais… », a-t-elle essayé de dire.

Il l'a coupée d'une voix qui ne souffrait pas de contradiction : « Mais cocotte, est-ce qu'on t'a demandé de penser ? » Il a pris à témoin l'ingénieur du son : « Est-ce qu'on lui a demandé de penser, Armand ? » Puis, énervé : « Depuis quand une chanteuse se met à penser, tudieu ? Mais c'est un monde, ça ! Est-ce que tu crois qu'on a le temps de penser, là, tout de suite ? Sais-tu combien coûte une session d'enregistrement en studio ? Si tu veux qu'on gagne du temps et de l'argent, je te demande s'il te plaît de me laisser penser tout seul ! Tu es là pour chanter, point. »

Elle a crispé les poings jusqu'à sentir ses ongles se planter dans sa chair. Tout en ravalant ses pleurs, elle se disait en même temps : mon Dieu, faites qu'un bon génie se manifeste et me sorte de cet étouffoir ! Qu'on m'emporte loin de ces gens sans cœur ! Que je me retrouve à nouveau comme avant, dans la « vraie vie », celle que je n'aurais jamais dû quitter !

Et pendant que Galatée s'égarait dans des prières désespérées, que faisait-il le Pygmalion protecteur ? Eh bien, il déambulait en sifflotant dans le studio, les mains dans les poches, sans un regard pour elle.

Mais non ! Mille fois non ! La voix mystérieuse a résonné derechef dans la tête de Nelly Brenner. Plus de misère, jamais ! « Ça va aller. » « Une tempête dans un verre d'eau. » Il a raison, Pygmalion. Il dit ça pour son bien. Puis, s'il estimait vraiment qu'elle n'avait aucun talent, pourquoi l'aurait-il choisie ?

Elle éprouvait pour cet homme un attachement qui dépassait l'entendement. Longtemps elle avait été incapable de lui résister. S'il se montrait cruel parfois, Torel savait trouver les mots pour rassurer. Il avait coutume de dire : « Je suis là pour te protéger. Chante et ne t'inquiète de rien ! » Des mots de père, de frère, de compagnon de route. Des mots qu'on ne lui avait jamais dits, qui balayaient aussitôt le doute en elle et insufflaient l'impulsion positive nécessaire. Il ne parlait que d'elle, ne s'investissait que pour elle, pour qu'elle soit heureuse de vivre et de chanter.

Vite ! Essuyer les larmes. Libérer les muqueuses. Avancer vers le micro. Cesser de faire une fixette sur le morceau de gaze destiné à atténuer les sonnantes et qui lui chatouillait le nez. Visser le casque sur les oreilles. Recommencer. CHANTER. Encore et toujours. Ce serait ça, sa vie. La « vraie vie » ! Celle qu'elle n'avait jamais cessé d'implorer de ses vœux et qui venait tout juste de commencer.

« Envoyez la musique. Je suis prête », a-t-elle crié vers la cabine d'Armand Prieur.

Puis, son vibrato unique, grave et rocailleux a rempli le studio :

Et l'herbe est plus verte ici
Pourvu que tu y sois
Et le ciel est plus bleu
Quand je suis près de toi…

Une reprise de Brenda Lee. *The Grass is Greener*. Une ballade choisie par Torel. Sur le disque il y avait trois autres titres plus rock qui avaient nettement sa préférence, mais c'est celui-là qui allait marcher. Torel avait toujours raison.

Une semaine après leur rencontre et le surlendemain des premiers essais en studio, Carol Eden et Allan Torel ont scellé leur destinée dans le salon du premier étage du restaurant À La Cloche d'Or, au coin de la rue Mansart et de la rue Fontaine. Le contrat a été signé « en famille », sur un bout de table, puis sablé au champagne. Réconciliée avec Nelly, Donatienne Jason-de-mes-deux était de la partie, elle n'aurait manqué ce moment pour rien au monde : l'envol de sa protégée, même si elle ne cachait pas une pointe de regret de ne pas la voir épouser une carrière musicale plus noble. Elle se proposera même de financer son premier disque.

« Vous y étiez ? demanda Patrick Ussel.
— Euh, oui. Oui, bien sûr, j'y étais. C'était un jour important pour nous trois, ma sœur, ma mère et moi. Un jour unique. »

Nelly n'était pas contrariante, au début. Elle l'écoutait, lui, Torel, attentivement. Scrupuleusement. Obstinément. Par ignorance, surtout. Parce qu'elle avait tout à apprendre, tout à comprendre de ce métier, et parce qu'il était rassurant de se laisser conduire. « Chante et ne t'inquiète de rien ! » Cependant, ils étaient embarqués ensemble pour un même voyage à la destination incertaine. Si l'un tombait, il entraînait l'autre dans sa chute. Leur relation était singulière, symbiotique, faite de confiance comme de crainte, celle de mal faire pour elle et que ça ne marche pas comme il voudrait pour lui.

Au temps de sa gloire balbutiante, Nelly Brenner ne laissait rien paraître de ses troubles intérieurs, la fatigue, les doutes, les crampes d'estomac, la tempête sous le crâne, l'envie parfois de tout envoyer dinguer. La règle d'or : s'empêcher d'obéir à ses émotions. Faire bonne figure en toutes circonstances, bloquer le lecteur du cerveau sur la touche « Heureuse ». S'oublier dans le costume d'une autre.

Si elle était heureuse ? Elle l'a longtemps cru. Parce que les sentiments ont vite pris le dessus. Et parce qu'on ne se plaint pas quand on a réalisé son rêve de gosse et que, par-dessus le marché, cela rapporte beaucoup d'argent ! C'est à la longue que ça s'est gâté. La vie agitée de Carol Eden a fini par ne plus tout à fait ressembler au bonheur tel que se l'était figuré Nelly Brenner. Elle vivait dans une bulle irréelle, un monde à côté du monde, où la lumière n'était pas douce et le moindre fait ou geste prenait des allures d'affaire d'état. Une espèce de spirale qui vous souffle et vous secoue comme sur un manège dans une fête foraine, un manège duquel on se dit qu'on pourrait descendre un jour, quitte à sauter dans le vide.

À ce propos, une anecdote.

Au commencement de Carol Eden, vers le mitan des années soixante, un jeune journaliste comme vous est venu promener sa plume dans notre sillage. La convoquant dans un salon du Royal Monceau, sous le regard vigilant de son mentor, il lui a posé une quantité de questions sur son passé d'abord, sa famille, ses origines, puis sur sa nouvelle vie, s'enquérant de la façon dont elle gérait la célébrité soudaine, obéissait à des règles et des impératifs différents, appréhendait l'avenir et le pouvoir que conféraient la gloire et l'argent, gardait la tête froide ou non, ces choses auxquelles elle ne savait pas très bien répondre puisqu'elles venaient juste de lui tomber dessus.

Que pouvait-elle dire à ce moment-là où chacune de ses journées ressemblait à un matin de Noël, sinon des banalités du genre qu'elle trouvait la vie plutôt clémente à son égard et formulait le vœu que la chance ne la quitte jamais ? Le journaliste ne cherchait pas à saisir la nature intime de son interlocutrice, percevoir ce que cachait un enthousiasme trop appuyé, imaginer le regard tout neuf qu'une chanteuse à peine sortie de l'enfance pouvait porter sur l'univers féroce du *show-business* et la difficulté pour elle d'y trouver sa place. La chose était courante d'attirer le chaland par des phrases choc, quitte à répandre des boniments ou des goujateries. Deux ou trois jours plus tard, on voyait placardé en grosses lettres noires à la devanture des kiosques : « Carol Eden : sois belle et tais-toi ! »

Le même scribouillard, qui avait trouvé une cible idéale, allait révéler ensuite la liaison amoureuse de la chanteuse avec son mentor et il envoya à leur trace une vaillante équipe de paparazzis. Toutes les semaines, ou presque, un nouvel article, illustré de photos volées au téléobjectif, alimentait le journal. Ça tournait au harcèlement. Elle apprendrait plus tard que Torel avait sa part de responsabilité dans ses publications…

Un jour, on a annoncé en première page un heureux événement et dans le même article l'inconstance du futur père…

À l'époque, Torel se déplaçait partout pour faire prospérer ses affaires, à la rencontre de quantités de gens, pas seulement des partenaires supposés être utiles à la carrière de Carol Eden, ainsi qu'il le prétendait, mais aussi une ribambelle d'aspirantes chanteuses sexy et peu farouches. Pendant ce temps, Nelly passait des nuits blanches à espérer son retour. Elle a écrit beaucoup de chansons dans les chambres d'hôtel, en tournée, des textes tristes qui disaient l'attente, la solitude, le mal être. Parce qu'entre elle et lui, c'est vrai, la relation avait rapidement dépassé le cadre professionnel... Allan Torel pensait qu'être l'amant de sa chanteuse contribuait à la tenir sous son entière influence. Cet article, qui officialisait son infidélité et élucubrait sur la venue d'un bébé, aurait pour conséquence une violente prise de bec dans le couple. La première d'une longue série.

Elle débarrassa la table en silence et rapporta tout dans la cuisine, laissant seulement le vin et les verres. Patrick Ussel resta assis à sa place, songeur. Quand elle revint, il dit : « Vous avez évoqué quelque chose tout à l'heure, un événement sur lequel vous avez glissé aussitôt…

— Un événement ? dit-elle, perplexe.

— Oui, un heureux événement. »

Elle hocha la tête, le regard vague, comme absente. Il l'observait avec une attention accrue, espérant une réponse.

« Ah ça, fit-elle enfin. Une invention de ce journal racoleur… Une rumeur ridicule. On a même échafaudé un mariage à Vérone, la ville de Roméo et Juliette…

— On a raconté que Carol Eden ne voulait pas d'une grossesse, poursuivit-il, cela aurait pu nuire à sa carrière et à son succès, elle ne souhaitait pas mêler un enfant à sa vie de saltimbanque, et en concertation avec Allan Torel elle aurait choisi d'avorter. Est-ce exact ?

— C'est-à-dire… oui, on peut dire ça, bredouilla-t-elle. Enfin, Carol Eden n'a pas eu d'enfant, voilà. »

Patrick Ussel laissa planer un court silence, le temps de resservir du vin, puis il a demandé après en avoir avalé une gorgée : « Vous évoquiez tout à l'heure la relation entre Carol Eden et Allan Torel qui avait outrepassé le cadre professionnel. Elle était amoureuse de lui, n'est-ce pas ?

— Oui, elle l'était. »

Cet amour avait ceci de particulier qu'il était né d'une admiration mutuelle et d'une même passion pour la chanson. Avec, du point de vue de Nelly Brenner, la volonté d'apprendre, de s'élever, et la possibilité avec Allan Torel d'y parvenir. Il était entré dans sa vie comme l'homme disposé à consacrer l'essentiel de la sienne à la pousser vers le haut, lui enseigner comment exploiter son talent artistique, faire d'elle une star adulée, une diva, tout en devenant – du moins, le croyait-elle – une femme libre, épanouie. Elle espérait tout de lui. Non seulement il lui enseignait les rudiments du métier de chanteuse, tous les obstacles qu'elle devait passer pour être la meilleure dans sa discipline, mais il s'appliquait aussi à étendre son horizon, à lui ouvrir les portes du monde.

Profitant de l'envolée de sa carrière à l'étranger – pendant cinq à six ans, Carol Eden a sillonné l'Europe, l'Amérique du Sud, le Québec et le Japon –, il éveillait sa curiosité, son imagination, son jugement esthétique, le goût du beau et du bon. L'escortant partout, il lui transmettait son attrait pour les belles pierres, les sites chargés d'histoire, les paysages, les couleurs, les saveurs… Torel était un jouisseur autodidacte, à l'appétit insatiable. Lui, qui était issu d'un milieu inculte, savait l'importance d'apprendre par soi-même.

Oui, Nelly n'a pas tardé à tomber sous le charme de Torel. Il la fascinait, malgré son caractère de chien. Mais lui, qui aimait-il ? Se souciait-il seulement de Nelly Brenner ? Pour Allan Torel, comme pour le reste du monde, elle était Carol Eden, à la fois sa créature et la femme de sa vie.

Un jour, alors qu'elle préparait un nouvel album en studio, il est arrivé avec une chanson qu'il voulait lui faire enregistrer : l'adaptation du tube « Peace and Love » des Youngbloods, *Let's Get Together*. Elle adorait la version originale, mais trouvait le texte apporté par Torel tarte, trop sirupeux.

« C'est de la merde ! », a-t-elle soupiré.

Il a aussitôt réagi avec colère et dédain, lui demandant pour qui elle se prenait tout à coup, arguant qu'on ne se permettait pas de juger avec une telle désinvolture un texte de chanson quand on était soi-même infoutu d'en écrire. Piquée au vif, elle a rétorqué qu'elle était parfaitement foutue d'écrire et de composer ses chansons. Elle n'avait pas fait dix ans de piano pour rien, et n'était pas idiote à ce point de ne pas savoir trousser un texte qui se tienne ! L'époque était révolue où il l'intimidait : elle l'a fixé droit dans les yeux, haussant la voix au même niveau que lui, lui reprochant sa perfidie, son manque de tact, de délicatesse. Il s'est mis à ricaner comme un chacal.

« Le problème, a-t-elle ajouté entre la rage et les larmes, c'est que je suis une femme et que les femmes, si on respecte ta doctrine, elles se contentent d'être jolies, d'ouvrir la bouche pour chanter, accessoirement d'écarter les cuisses, et surtout de rapporter du fric à leur mentor, comme une pute à son mac, mais elles s'abstiennent d'écrire et, excepté pour les interviews, elles sont supposées la boucler ! »

Sidéré par ce genre de diatribe à laquelle elle ne l'avait pas habitué, Torel a baissé d'un ton, sans quoi les murs auraient tremblé, et s'en est tenu à cet assentiment aussi lapidaire qu'expéditif : « Exact. »

Elle a failli s'étrangler de stupéfaction.

— Ah… ? Et… et Françoise Hardy elle n'écrit pas ses chansons peut-être ?... Françoise Hardy, hein ?

— Hardy ne chante pas des trucs rythmés comme toi !

— Qu'est-ce que ça peut faire ? Une chanson est une chanson !

— Tu ne vas quand même pas te comparer à Françoise Hardy ! »

Il avait toujours sur la langue une réplique cinglante à cracher, dès lors que sa chanteuse manifestait quelque rébellion. La méchanceté de celle-ci, venue d'un homme prétendument aimant et protecteur, frisait la cruauté, et il a fallu une bonne minute à Nelly pour avaler l'affront et réagir.

« Tu veux dire que ne suis pas aussi talentueuse ? a-t-elle articulé, la gorge nouée. Moi, je suis tout juste bonne à suivre tes conseils avisés, c'est ça ? »

Puis, le chagrin a laissé place à la colère. Une colère froide.

« Eh bien, soit ! a-t-elle tranché. À partir de maintenant, je vais écrire mes textes et c'est toi qui les signeras, si ça peut te faire plaisir. Au moins, j'aurais enfin le sentiment d'exprimer des choses qui me ressemblent. C'est à prendre ou à laisser. Réfléchis bien. Je ne t'offre pas d'autre alternative. »

Et cela s'est fait comme elle l'a dit. Parce qu'il avait conscience que, s'il ne cédait point, elle était capable de se saborder elle-même, de renoncer à tout, la carrière, le succès, l'argent. La première chanson, écrite par Carol Eden et signée Allan Torel, a été *Paris, minuit*. Elle est née un matin, dans un bistrot de Saint-Germain, sur un coin de nappe en papier, après une nuit blanche. Ça vous dit quelque chose, Ussel ?

Paris, minuit
Le silence m'ennuie
Le whisky m'étourdit
Et draine ma folie
Vers lui…

Elle l'a chantée pour la première fois en septembre 1966, à l'Olympia. Par la suite, avec l'accord de Torel, qui savait aussi se montrer accommodant, elle signerait les chansons de son nom et serait reconnue à la SACEM comme autrice et compositrice…

Elle n'était pas sa propriété, il le savait. Elle pouvait très bien partir, le quitter à n'importe quel moment et en particulier à ce moment précis où elle était au meilleur de sa gloire, elle aurait pu profiter de son succès avant qu'il ne s'étiole, elle ne l'a pas fait. Elle avait certes envisagé, dans les moments de crise, la possibilité d'une nouvelle carrière, une association avec un autre agent artistique, dans la même maison de disques ou ailleurs, c'était une chose tout à fait réalisable puisqu'on l'avait déjà approchée à plusieurs reprises et que les managers rivalisaient d'offres alléchantes pour l'attirer à eux. Elle avait sérieusement considéré l'opportunité de recommencer ailleurs sans commettre à nouveau l'erreur de mélanger travail et sentiments. Oui, son envie de fuite était réelle. Mais elle la réfrénait. Qu'aurait-elle gagné à partir ? Elle évoluait dans un milieu où l'on ne brisait pas ses chaînes sans risquer sa peau. Torel le lui avait seriné mille fois : « Je t'ai sortie du ruisseau, ma belle. Si jamais tu as l'ingratitude de me quitter, tu retourneras d'où tu viens ! » Allan Torel avait pour habitude de dire ce qui l'arrangeait, mais sur ce point précis elle savait qu'elle pouvait le croire sur parole.

Au moment décrit, elle n'était plus l'adolescente insouciante qui mimait Sylvie

Vartan devant sa glace et rêvait secrètement de jouer dans la même cour. Elle ne rêvait plus beaucoup depuis qu'elle foulait les pavés glissants de cette cour, trop soucieuse de ne pas trébucher et se casser lamentablement la figure. Des années à poursuivre sa route bon an mal an, les yeux et le cœur toujours en éveil. Elle avait beaucoup appris avec Torel, notamment à se méfier de ces hommes de pouvoir, solidaires les uns des autres quoi qu'il advienne, qui font et défont les artistes à leur guise, ceux-là qui n'ont pas de scrupule à vous anéantir si vous rompez un lien *a priori* indéfectible pour voler de vos propres ailes. Carol Eden savait que la liberté s'achète, comme le reste, et que la sienne n'était pas à vendre. Pas même à louer, puisqu'elle n'existait pas. Seule la liberté de Nelly Brenner pouvait être considérée, le cas échéant, à condition de renoncer à Carol Eden. Elle appréhendait donc son éviction probable du métier, aussi injuste que subite, si l'envie lui prenait de s'engager ailleurs. Parce que Carol Eden n'était pas seulement un personnage de fiction, incarné par Nelly Brenner, c'était avant tout l'œuvre d'Allan Torel. Son œuvre et sa créature.

Alors, tout bien réfléchi, elle a décidé de continuer à le suivre. S'il n'y a plus la confiance, alors quoi ? Elle a pensé : « Qui prendra soin de moi comme lui ? Personne. » Elle s'est remémoré leur parcours depuis le début, comment il avait remué ciel et terre pour elle, cette énergie déployée afin d'imposer l'artiste, puis révéler la femme, sa foi en elle... Elle s'efforçait d'évacuer de son esprit tous les foutus moments pour n'estimer que les belles choses, celles-là qui ont sûrement à voir avec l'amour, une sorte d'amour tout au moins, car comment nommer ce sentiment qui conduit un homme à mettre en lumière une femme et le pousse à la défendre contre vents et marées, sans jamais faillir ni renoncer ? Il lui avait dit un jour qu'elle était la réussite de sa vie, ce n'est pas rien, c'est une chose qui remue. Elle s'est dit : dans le sens contraire, est-ce que ça marche ? Allan Torel est-il la réussite de ma vie ? Puis : une histoire d'amour se doit d'être réciproque, sans quoi elle n'existe pas. Car c'est bien de cela qu'il s'agit. Elle a alors décidé que oui :

oui, je compte tout autant dans la vie de Torel que lui dans la mienne. Et soudain, toute forme de rancœur s'est échappée d'elle. Elle s'en est même voulu d'avoir eu ce genre de mauvaises pensées, de s'être montrée ingrate. Elle a consenti à tout pardonner. Et s'est reprise à l'aimer encore. Follement. Avec tout le désespoir dont elle était capable.

Jusqu'au jour où même ce qui la tenait en vie, la scène, les ovations, n'a plus suffi à combler son mal être. Jusqu'à ce qu'elle réalise qu'elle n'était pas faite pour les histoires qui durent.

« Vous avez évoqué cet événement qui aurait altéré leur relation. Car, au début, elle lui était reconnaissante d'avoir exaucé son rêve et cette gratitude a probablement été l'une des composantes, voire le catalyseur de son amour pour lui. Que s'est-il donc passé, brusquement ? »

Elle hésitait à répondre. Ce journaliste intrigant cherchait à la conduire sur une voie où elle n'avait pas envie de s'égarer.

« Chanter a longtemps été le moteur de sa vie, le moyen pour elle de s'étourdir, d'oublier le quotidien, finit-elle par dire en contournant le sujet. Tous les chagrins se réduisaient à néant dès qu'elle s'élançait en scène, toutes ces amours déçues qu'elle chantait devenues irréelles, comme une histoire arrivée à une autre, toutes les peines dégommées par les vivats des spectateurs, fusillées par les rayons des projecteurs.

— Puis il y a eu ce bébé, n'est-ce pas ? Cet enfant qu'il n'a pas voulu…

— La vie itinérante lui plaisait, poursuivit-elle sans tenir compte de sa remarque. Nelly s'y livrait corps et âme, comme pour échapper à son destin. Pour oublier. Elle croyait pouvoir refouler son mal être dans un travail incessant et un tourbillon de valises. À cette époque, elle enchaînait les succès et chantait notamment l'adaptation d'un titre de Bobby Rydell, *Dans 9 999 999 ans mais pas avant*, cette débilité qui avait fait d'elle une star au Japon et dans les pays ibériques. Partout, on la recevait avec les mêmes attentions que pour un ministre. La horde de fans qui l'accueillit à son arrivée à l'aéroport de Tokyo, lors de son premier séjour japonais, lui avait paru si impressionnante qu'elle avait cru qu'un autre personnage plus illustre qu'elle partageait le même avion… Elle vivait dans un tourbillon perpétuel. Parvenue au terme de l'expérience, elle s'est rendu compte que cette échappée, certes profitable dans l'instant, n'avait contribué qu'à la fragiliser davantage. »

Elle marqua un long silence, recroquevillée en posture de yogi, la tête dans les mains. Elle n'était plus là : ses yeux ne fixaient rien de réel, son esprit avait pris le large, à des années de ce boucan du dehors, le vent, l'orage et la pluie qui avaient repris avec force et allaient sans doute tout ravager. Puis, soudain, elle bondit hors du fauteuil et s'écria : « Oh, mon Dieu ! La cave ! »

Devant l'air ahuri de son interlocuteur, elle expliqua en hâte qu'étant donné la violence des précipitations, l'eau s'était probablement infiltrée dans les parties souterraines des maisons et qu'il y avait dans sa cave des affaires auxquelles elle tenait beaucoup, en particulier des souvenirs rattachés à la vie et à la carrière de Carol Eden.

« Ça ne vous ennuie pas de m'aider à les sortir ! Ce ne sera pas très long », demanda-t-elle à Patrick Ussel tout en exhumant une lampe torche à l'éclairage puissant d'un des placards de l'enfilade et en se précipitant vers la cuisine. Dans le rangement sous l'évier, elle prit un rouleau de sacs poubelle ultrarésistants et en détacha deux qu'elle lui tendit : « Enfilez-les autour des jambes, par-dessus vos chaussures ! Scotchez-les avec ça ! » Elle lança un ruban adhésif d'emballage, extrait du tiroir du vaisselier, qu'il attrapa au vol. Puis, elle s'accoutra pareillement et ils sortirent, prêts à affronter le déluge. Le chien Charlie, qui n'eut pas le courage de suivre, demeura allongé aux pieds du fauteuil du salon.

La tempête faisait rage : un vent cinglant et une pluie battante. Des gouttes d'eau lourdes et épaisses frappaient dru et les empêchaient de voir au-delà de deux mètres. En une poignée de secondes, ils furent trempés des pieds jusqu'à la tête, les cheveux plaqués sur le crâne, le visage dégoulinant et les vêtements collés à la peau. À la lueur de la lampe torche, elle entraîna Patrick Ussel à l'arrière de la maison. Il ouvrit à sa demande la lourde porte métallique de la cave, qu'ils trouvèrent envahie par cinquante centimètres d'une eau boueuse. Deux malles en plastique flottaient. « Elles contiennent les tenues de scène », précisa-t-elle, en essayant d'en tirer une vers elle. Des cartons remplis de disques, partitions, photos et objets divers, trônaient sur des étagères et ne risquaient pas grand-chose : on pouvait espérer que l'eau ne monte pas jusque-là. Avec l'aide de son acolyte, elle évacua les deux malles qu'ils portèrent jusqu'à la buanderie. Ensuite, armés d'un seau, de pelles et de serpillières, ils revinrent pour écoper.

Il était près de trois heures quand ils regagnèrent la maison. Au moment où ils franchirent la porte, une nouvelle mitraille d'éclairs ouvrit brutalement le ciel en plusieurs endroits, inondant l'espace d'une lumière bleutée, et s'en suivit une gigantesque explosion sonore, accompagnée d'une rafale de vent tout aussi violente.

La situation leur apparut fascinante, dans le sens désespérant du terme. Les fossés gonflaient et bouillonnaient jusqu'à déborder, transformant routes et chemins en torrents furieux. Les terrains alentour étaient noyés. La terre, détrempée, ne pouvait plus absorber toute cette eau. Un container à ordures fut emporté sous leurs yeux et propulsé à quelques mètres en contrebas, où il vint boucher un fossé en bordure d'une maison. Ils apprirent le lendemain que cette maison avait été inondée et que la vieille dame qui y résidait avait failli périr noyée. C'est un voisin, alerté on ne sait comment, qui s'était précipité pour la sauver. On se figurait les dégâts survenus dans les parties basses des habitations. On appréhendait avec quelque certitude une crue express du Gardon et la ville d'Anduze, submergée.

Ils rentrèrent, ruisselants. Elle monta à l'étage chercher des peignoirs de bain qu'ils enfilèrent, tandis que leurs vêtements séchaient sur les dossiers des chaises. Puis elle entreprit de fermer les volets, afin d'échapper à cette vision infernale sur l'extérieur et ne garder pour seule lumière que celle, tamisée, des chandeliers. Mais entendre seulement l'orage s'avérait encore pire, alors elle résolut finalement de tout laisser grand ouvert. Car le bruit du dehors était incessant. Plus fort dans la véranda, puis dans le courant de la nuit, partout, crescendo. Toute la nuit.

Quatre heures du matin. La pluie continuait de s'abattre avec fracas.

Elle se leva pour aller exhumer d'un placard un vieux transistor à piles qu'elle brancha sur la station locale. On signalait que les précipitations orageuses, quasiment ininterrompues depuis l'après-midi du dimanche, risquaient d'atteindre trois à quatre cents litres au mètre carré, ce qui correspondait à la quantité moyenne normalement enregistrée en près de six mois. Ajouté aux ponts effondrés, routes et habitations dévastées, on comptait à présent des pertes humaines. Quelque trois cents pompiers se trouvaient à pied d'œuvre pour porter secours aux sinistrés, déjà nombreux. Depuis plus d'une heure, au vu de ces observations et prévisions alarmantes, Météo France avait placé le département au niveau de vigilance rouge, soit le plus élevé de l'échelle de vigilance météorologique. On ne prévoyait pas d'amélioration avant la soirée de lundi.

Elle prépara du café sur un réchaud à gaz portatif. Ils le burent en silence, en écoutant le bruit de tambour de la pluie sur le toit. Puis, à la demande de Patrick Ussel, elle sortit de leur malle quelques tenues de scène de Carol Eden pour les lui montrer.

Il fut émerveillé par l'ensemble cintré en velours violine des frères Renoma, qu'elle portait à l'Olympia en septembre 1966 avec des bottines en vinyle blanc à très hauts talons. Les frères Renoma avaient ouvert boutique à la fin de l'année 1963 au coin de la rue de la Pompe et de la rue de Longchamp. Le XVIe arrondissement n'était pas l'endroit le plus *rock and roll* de Paris, mais le style Renoma en avait l'esprit, inspiré du modèle anglo-saxon. À l'enseigne White House de la rue de la Pompe, on rencontrait aussi bien Picasso ou Dali que Gainsbourg, Dutronc, Dylan ou les Stones.

Nelly aimait beaucoup le style androgyne et insolent de ses modèles. Par la suite, elle a beaucoup porté les blazers rayés et les chemises hyper colorées, en tissus d'ameublement.

Cela la remuait de déplier le costume en velours violine. Que de souvenirs ! Elle lisait dans le regard intrigué de son invité qu'il percevait l'émotion qui la submergeait. Comme il allait parler, elle s'empressa de le prendre de vitesse. Elle précisa que c'était le choix de Carol Eden de porter cette tenue pour son premier Olympia en vedette. Pour les fringues, la coiffure et le maquillage, Torel la laissait généralement maîtresse des décisions.

Tant de choses s'étaient passées depuis, et cependant elle pouvait décrire ce moment avec la même précision que si elle venait de le vivre. Elle revoyait le fronton de l'Olympia, boulevard des Capucines, le nom de Carol Eden en grosses lettres de feu, la fierté de la chanteuse qui rejaillissait sur tous ceux qui l'entouraient, à commencer par leur mère dont le bonheur était indicible. Ce n'était pas la première fois que Carol Eden se produisait sur cette scène mythique, elle avait déjà chanté en lever de rideau de Sacha Distel et de Richard Anthony, mais c'était sa première apparition en vedette. Aussi, très vite la joie et la fierté avaient laissé place à l'angoisse…

Elle a commencé par tourner en rond dans les coulisses, prise de violentes crampes d'estomac. Maman et moi, nous nous tenions à l'écart, l'une près de l'autre, à l'affût de son moindre souhait. On savait qu'il ne fallait pas l'approcher, ni rien lui dire, pas même des mots d'encouragement, elle nous l'avait expressément demandé. Torel, lui, continuait à la harceler de recommandations, croyant ainsi la rassurer. Mais elle n'écoutait pas, les paroles n'imprimaient plus son cerveau, elles glissaient sur elle comme de l'eau autour d'un rocher. Au bout d'un moment, elle a foncé droit vers les toilettes où elle a dégueulé tout ce qu'elle a pu. Elle n'avait rien avalé de solide de l'après-midi – Torel disait qu'il ne fallait rien manger avant de monter sur scène, que c'était mauvais pour le souffle d'avoir le ventre plein, mais elle était tellement malade de trouille qu'elle aurait vomi ses doigts de pied, la pauvre.

L'inquiétude a fini par gagner le reste de la troupe, d'autant que l'heure fatidique approchait. Torel, qui suivait sa chanteuse comme son ombre, y compris jusqu'aux toilettes, ne savait que dire : « Putain, c'est la merde », il a répété ça plusieurs fois en se frottant convulsivement les ongles – une de ses sales manies dans les moments d'angoisse, avec celles entre autres d'entreprendre cent mille choses en même temps et de paniquer tout le monde afin de se sentir moins seul.

« T'as pas envie d'un peu de tilleul, ça te fera du bien ? », lui a-t-il glissé dans le creux de l'oreille, une main posée sur son épaule, après qu'elle s'est aspergé le visage d'eau froide. Elle s'est dégagée brusquement, ulcérée : « J'ai envie, tu sais de quoi ?... J'ai envie qu'on me foute la paix ! C'est une chose possible, ça, tu crois ? » Et elle a gueulé que le tilleul ça lui donnait juste envie de pisser et qu'elle n'avait besoin que d'une seule chose dans l'état lamentable où elle se trouvait, c'était d'une retouche de maquillage, bordel ! Il a dit : « Ok, Ok ! », puis : « Putain, surtout garde cette énergie, ma belle, tu vas casser la baraque ! » Et il n'en finissait plus de dire « Putain » et « Ok, Ok ! » en se frottant les ongles.

Plus tard, après avoir reçu dans un brouillard opaque les encouragements de Bruno Coquatrix, propriétaire des lieux, Nelly Brenner se tenait devant le rideau rouge, transfigurée, la tête droite, les traits immobiles, les poings serrés contre les hanches. Elle avait traversé ainsi le long couloir depuis sa loge, marché au ralenti, comme si elle avançait sur un chemin de sable, et maintenant elle se tenait là, au bord de ce précipice où elle allait sauter. La rumeur de la salle, faite de cris et de roulements de pieds, arrivait jusqu'à elle comme un bruit de tempête, vent et orage mêlés.

« Ca-rol ! Ca-rol ! », scandaient les gens sur l'air des lampions.

Un frisson l'a parcourue tout entière. Elle a fermé les yeux, ça l'aidait à aller chercher en elle ce personnage de lumière que le public réclamait.

À deux mètres d'elle, Torel ne bougeait pas, les poings enfoncés dans les poches de son costume il l'observait en essayant de garder son calme. Pour une fois, il se taisait. C'en était fini des recommandations, il savait que cela n'avait aucune utilité à cet instant, sa vedette ne lui appartenait plus, elle lui échappait pour se livrer à la foule hurlante. C'était à la fois une joie et un déchirement. D'un mouvement du bras, il a donné le signal aux musiciens qui se frayaient un passage dans la pénombre jusqu'à la scène. Un roulement de batterie suivi d'un riff de guitare a introduit le premier morceau, sa version du *Carol* de Chuck Berry, qu'avaient repris en même temps qu'elle les Stones et Hallyday :

J'm'appell' Carol
Tu te souviendras de mon nom
Aujourd'hui si je pars
Je peux te dir' qu'c'est pour de bon...

Elle a rouvert les yeux, s'est élancée de l'autre côté du rideau comme on se jette dans l'eau froide, elle a marché d'un pas rapide jusqu'au micro, dans une flaque de lumière blanche, happée par un tonnerre de vivats. Dans les coulisses, près du rideau, pensant que personne ne le voyait, Torel a versé une larme.

Trois quarts d'heure après, elle savourait sa victoire. Campée au milieu de la scène, tête haute, corps cambré, les mains jointes derrière le dos, elle a reçu les applaudissements du public comme on prend un bol d'air pur au sommet de l'Everest. Elle a laissé s'écouler une minute ou deux, ses yeux balayaient la salle, de gauche à droite, de haut en bas, lentement. Puis elle s'est inclinée pour saluer, retenant de sa main droite sa longue chevelure blonde. Enfin, elle a répondu aux rappels incessants en bissant *J'm'appelle Carol*.

Oui, elle s'appelait Carol, c'était son nom désormais. Son nom d'avant n'existait plus.

Patrick Ussel hocha la tête d'un air pensif.

« J'ai toujours été intrigué par cette forme de schizophrénie plus ou moins affirmée dont sont généralement victimes les chanteuses à pseudonyme. S'imposer sous un nom factice revient en somme à incarner un personnage qui n'a d'existence qu'à travers le prisme des médias. Une façon d'être une autre et en réalité personne.

— Ce trouble identitaire était d'autant plus réel chez Nelly que nous étions jumelles, dit-elle, et que nous nous ressemblions incroyablement, au point d'être interchangeables.

— C'est arrivé que l'une prenne la place de l'autre ? » demanda-t-il en souriant, comme si cela pouvait être une blague.

Elle répondit avec le plus grand sérieux : « Oui... Parfois, lorsqu'elle était lasse de tout ce cirque. Pour des photos, des essayages de costumes. Jamais sur scène, bien entendu. C'est arrivé surtout à une période particulière de la vie de Nelly. »

Il quitta son air badin et la questionna : « Ah oui, laquelle ?

— Quand elle était enceinte. Avant qu'elle... »

Elle sentit soudain son regard s'embuer et s'en voulut de se laisser gagner par l'émotion devant un étranger. Elle leva le bras pour se recouvrir les yeux.

Attendri par ce geste enfantin, Patrick Ussel s'approcha, il posa délicatement les mains sur ses épaules. Elle se tourna, honteuse, enfouissant sa tête contre son cou. Il l'embrassa dans les cheveux, chuchotant avec une inflexion de voix douce, pénétrante, qu'elle n'avait pas à rougir de se laisser aller à pleurer, que c'était une chose humaine. Elle le repoussa doucement : « Qu'est-ce que vous faites ? Une vieille femme comme moi... » Mais elle se méprenait sur ses intentions : il ne cherchait pas à profiter des circonstances pour la séduire.

Une gêne s'installa pendant une poignée de minutes.

Patrick Ussel préférait ne pas insister sur cet événement caché et manifestement douloureux à évoquer – il comptait y revenir plus tard –, et il demanda un moment après, alors qu'ils avaient regagné leurs places, lui dans le canapé, elle dans le fauteuil, avec le chien à leurs pieds : « Est-ce que vous vous souvenez d'un jour précis où son nom de Carol Eden et tout ce qu'il implique est devenu lourd à porter ? Une sorte de point de non-retour, un seuil à partir duquel sa condition de chanteuse populaire s'est révélée insupportable à assumer ? »

Oui... elle se souvenait...

Un jour d'été, en pleine tournée. Elle revoyait précisément l'endroit : une allée ombrée de platanes dans une petite ville de la côte basque. Le nom de la ville lui échappait. Un lieu agréable, au bord de l'océan et de la forêt des Landes. Pas le genre d'endroit à ficher le bourdon... Soustons, voilà ! Le nom lui revenait... C'était un soir de fin de spectacle. Carol Eden venait de quitter les arènes. Il n'y avait eu aucun événement nouveau pour provoquer la chose, pas de signe précurseur, rien. C'est arrivé d'un coup, comme une apparition.

À sa sortie de scène, Torel l'a enveloppée dans l'étole en cachemire Balmain qui ne la quittait jamais et, le bras autour de son épaule, l'a escortée parmi la foule jusqu'à la Bentley noire aux sièges en cuir crème, à l'arrière de laquelle il l'a littéralement jetée avant de s'y engouffrer à sa suite. Des grappes humaines se pressaient autour du véhicule qui roulait au pas. Pelotonnée comme une petite fille contre son imprésario, elle s'est mise soudainement à pleurer. Sans bruit. Tandis que les larmes roulaient sous ses lunettes fumées, elle saluait ses admirateurs du bout des doigts à travers la vitre, esquissant des sourires, envoyant des baisers, comme une mécanique parfaitement réglée.

Elle se rappelait le temps où elle parvenait à distinguer des visages du reste de la foule, ceux des habitués, presque amis à force de se voir et de partager des émotions, elle aimait échanger avec eux. Désormais, elle ne voyait plus qu'une masse compacte et hurlante, hostile, effrayante. Une frontière infranchissable s'était édifiée. Nelly Brenner ne supportait plus cette proximité étouffante, ce trop-plein de passion et de haine autour d'elle – étant bien entendu que tout élan passionnel oscille entre amour et haine –, elle n'éprouvait plus que dédain pour ces hordes de garçons et de filles qui se bousculaient autour de l'auto, le buste incliné, certains le nez écrasé contre la vitre, le visage déformé, venus crier leur amour. Un amour de pacotille, à destination de qui ? Ils hurlaient : « Carol ! Carol ! » Et ces appels qui frappaient dans sa tête l'immergeaient encore plus profondément dans sa solitude et son amertume. Elle se sentait étrangère à ce personnage d'apparat, éternelle fugitive, qu'on réclamait à cor et à cri. Ni tout à fait elle-même, ni tout à fait une autre. Différente du commun des mortels.

Elle a caché son visage dans les bras de Torel. Se détourner d'eux. Ne plus les voir, ne plus saluer ni sourire sur commande. Fatiguée de faire semblant. Elle en était venue à détester Carol Eden et à les détester aussi, ceux-là qui l'apostrophaient par ce nom qui n'était pas le sien. Quelques semaines plus tôt, à Paris, elle avait baissé la vitre de la Bentley pour le regarder écrit en lettres de feu sur la façade de l'Olympia, demandant au chauffeur de passer plusieurs fois sur le boulevard des Capucines, comme si c'était la première ou la dernière fois qu'il y brillait, elle s'était étonnée de ne rien éprouver, pas même le plus petit pincement au cœur.

Elle ne se supportait plus et rejetait par conséquent ces hordes de fans, toujours les mêmes, qui s'accrochaient à elle comme des tiques. Ce soir-là, qui n'était différent d'aucun autre qui avait précédé, elle a piqué une crise et réclamé une protection rapprochée, elle voulait qu'on fasse dégager cette cohue, qu'on éloigne de sa vue ces visages dégoulinants de sourire et de dévotion béate et niaise, subitement animés d'une hargne fielleuse dès lors qu'on leur refusait la moindre faveur.

Puis, dans un même élan de lassitude, elle a formulé le vœu de disparaître, de « tuer » Carol Eden, au grand désespoir de Torel, elle voulait tout arrêter, elle disait que ça ne la gênait pas qu'on l'oublie définitivement. Puisque, tout bien considéré, une fois les lumières éteintes, elle était destinée à se retrouver seule. Perdue. Désaccordée du monde.

Le jour commençait à poindre. Le type dans le transistor décrivait une situation apocalyptique et un expert en météorologie parlait d'une configuration rarissime qui se présentait en moyenne une fois tous les cinquante ans. Des personnes racontaient ce qu'elles voyaient de chez elle, on se demandait comment elles avaient pu joindre la station, étant donné que la plupart des lignes téléphoniques étaient coupées dans le département et que les réseaux mobiles étaient saturés. L'inquiétude restait palpable.

Elle refit du café sur le réchaud à gaz. Patrick Ussel se tenait près d'elle dans la cuisine, en silence, comme investi de la mission de la protéger de la furie extérieure.

Une fois dans le salon, il demanda à voix basse, presque murmurée : « Parlez-moi de l'accident. Vous voulez bien ? »

Elle semblait en confiance, désormais, moins prompte à lui tenir tête et à se montrer réticente face à certains sujets.

En février 1980, Carol Eden terminait une tournée en province.

Le succès commençait à la quitter, elle chantait dans des salles clairsemées, des lieux plus ou moins bien famés dans des patelins paumés. La plupart des chanteuses trentenaires, excepté France Gall, ont traversé une mauvaise passe durant cette décennie. Elle sentait le déclin venir.

Allan Torel ne s'occupait plus beaucoup d'elle, il pensait avoir épuisé tous les stratagèmes et ne savait plus quoi faire pour donner une impulsion à sa carrière. Puis il l'estimait trop vieille, désormais, pour intéresser le jeune public qui achetait des disques.

Elle venait de se produire dans la salle des fêtes de Reiningue, une petite commune rurale alsacienne, devant des types qui picolaient de la bière, elle avait l'impression de toucher le fond. Ses chansons du moment respiraient ce sentiment de solitude qui l'étreignait. C'est l'époque où elle avait écrit *Temps de chien* :

Prends-moi la main
Tiens-moi en laisse
De ta tendresse
Ne m'abandonne pas,

Et *L'Adieu* :

On ne sait pas quand on commence
On n'y croit pas quand c'est fini
On s'était donné la confiance
Voilà qu'on s'impose l'oubli…

Ces chansons, inspirées par sa propre vie, jaillies spontanément les soirs de désespoir, ses doigts courant sur le piano et les mots surgis en même temps que les notes, elle les préférait à toutes les autres qui avaient eu davantage de succès. Elle s'émerveillait de créer des chansons, considérant comme un miracle l'association d'une mélodie et d'un texte qu'elle a inspiré, mais elle pensait être arrivée au bout de ce qu'elle pouvait faire de mieux. *L'Adieu* annonçait la sortie de scène. Elle voulait s'en aller sur ces mots qui lui ressemblaient.

Le soir de Reiningue, elle a laissé Torel repartir seul à Paris après le spectacle. C'était la fin de sa tournée et elle avait l'intention de séjourner quelques jours dans la région, en compagnie de notre mère, histoire de se changer les idées.

Un épais rideau de brouillard empêchait la vue. Alors qu'elles regagnaient leur hôtel, la Bentley a dérapé sur une plaque de verglas et quitté la route, avant de percuter brutalement un poteau électrique en béton armé et de partir en tonneaux dans un champ. Elle est morte sur le coup ; notre mère un peu plus tard dans l'ambulance qui la conduisait à l'hôpital de Mulhouse.

Torel était sous le choc, naturellement, mais il a vite recouvré ses esprits. Comprenez bien : cet accident lui faisait perdre sa chanteuse bien-aimée, complice de toujours, à la fois amie et amante, celle à qui il devait la réussite de sa vie. On ne sort pas indemne d'une telle tragédie, c'est sûr. Mais on ne perd pas pour autant le sens des affaires, quand on s'appelle Allan Torel. Et la mort de Carol Eden, survenue au moment où sa carrière tendait à s'essouffler, s'avérait une aubaine dont le potentiel commercial méritait impérativement d'être exploité. Il a donc par la suite réédité avec le succès que vous savez de nombreux titres dans des versions modernisées, formatées pour les radios et les discothèques. Puis, il a continué de faire valoir l'éternelle légende autour de sa chanteuse. Il vit aujourd'hui à Tokyo, où il perpétue le souvenir de Carol Eden.

« Vous seule détenez toute la vérité sur Carol Eden, n'est-ce pas ? »

Elle fit comme si elle n'entendait pas, les yeux tournés vers la baie vitrée.

« Le ciel est de zinc, il fait peur », murmura-t-elle.

Ils burent un dernier café, puis, comme ils entendaient du bruit dehors, des voix affolées qui retentissaient, ils sortirent pour voir. Il était un peu plus de sept heures.

Les propriétaires d'une maison voisine n'étaient pas là et la gardienne s'affolait, elle s'inquiétait du congélateur qui émettait des signaux d'alarme. La tension était partout palpable, en raison des dégâts de la nuit.

Mais tout le monde avait conscience de la nécessité de se serrer les coudes.

Dans ce coin excentré d'Anduze, ni ville ni campagne, les gens se parlaient peu. Les anciens du pays connaissaient à peu près tout le monde. Entre nouveaux et anciens, le courant ne passait pas forcément. Ce jour-là favorisa les rencontres. Les gens se sentaient extrêmement proches, tous. On proposait des services, on échangeait des bougies, de la nourriture, de l'eau – le réseau d'eau potable ne fonctionnait plus et l'un d'eux avait une cuve pleine.

L'information circulait, trompeuse. Privés de télé, de téléphone et de radio, excepté les transistors pour ceux qui en avaient, les gens colportaient toutes sortes de rumeurs dans le voisinage. On racontait que le déluge allait reprendre le soir et se poursuivre tout au long de la nuit, peut-être même deux ou trois jours et nuits d'affilée. Un voisin sinistré – un flot d'au moins dix centimètres d'eau avait pénétré d'un seul coup chez lui et saccagé le mobilier du rez-de-chaussée – s'apprêtait à creuser le fossé qu'il aurait dû prévoir la veille pour protéger sa maison. D'autres prenaient plaisir à annoncer la fin du monde. La faute au climat, au réchauffement de la planète. La faute à la bêtise humaine, il fallait bien que ça arrive un jour. On imaginait le pire pour les heures à venir.

Ils étaient une huitaine rassemblée sous l'abri terrasse du voisin sinistré. Elle dit qu'elle avait un réchaud à gaz et qu'elle avait fait du café, elle demanda qui en voulait. Tout le monde savait qui elle était, mais elle n'avait jamais vraiment lié amitié avec les gens d'ici depuis dix ans qu'elle avait acheté sa maison, se rappelant un spectacle donné par Carol Eden dans les Cévennes et le coup de foudre éprouvé pour cette région, au point de se faire la promesse d'y vivre un jour. Personne n'avait jamais osé lui parler de sa sœur, à qui elle ressemblait tant, et des circonstances qui l'avaient amenée ici. Beaucoup auraient été probablement curieux de savoir comment elle gagnait sa vie et occupait ses journées, mais nul ne se serait hasardé à le lui demander.

Le café était le bienvenu. Elle sortit la cafetière et des gobelets en carton, et chacun se servit. Elle dit qu'elle aussi avait une citerne d'eau pleine à ras bord, que chacun pouvait en disposer. On ne savait pas combien de temps l'eau potable allait manquer. Certains se laissaient encore aller au catastrophisme, n'hésitant pas à faire appel à des prophéties bibliques qui présentaient le manque d'eau potable comme un châtiment divin.

Soudain, la lumière jaillit dans les maisons. Il devait être huit heures trente. La tension décrût un peu. Un rien suffisait à transformer la pensée de chacun. Ce n'était plus la fin du monde à partir du moment où la pluie cessait et l'électricité revenait. Et avec elle, le téléphone. On se précipitait chez soi pour essayer d'appeler la famille ou les amis. Mais l'espoir retomba comme un soufflé : on avait la tonalité du téléphone mais ça coupait dès lors qu'on essayait de joindre quelqu'un. Puis, tout à coup, plus rien. La fin du monde, de nouveau.

L'électricité ne revint que le mardi matin, après plusieurs tâtonnements, et le téléphone, le mercredi. Au niveau du réseau mobile, la situation s'améliora également le mardi, SFR d'abord, puis tous. L'eau potable manqua pendant des jours. On appela à la rescousse des camions-citernes et des bouteilles d'eau furent distribuées...

La pluie continuait de tomber, moins forte. Les gens se dispersèrent, entrant chez eux pour vaquer à leurs affaires et sortant parfois pour échanger les nouvelles informations. Le désastre était régional, même si la radio qui égrenait les noms des villages touchés citait Anduze comme le lieu le plus sévèrement dévasté : il y était tombé cent soixante-dix millimètres d'eau pendant la nuit, soit l'équivalent de huit à dix mois de précipitations.

Elle voulait voir Anduze, voir à quoi le bourg ressemblait après cette nuit d'épouvante. Ussel lui proposa de l'accompagner. Ils prirent son 4x4 et se hasardèrent à descendre vers la plaine. On ne pouvait pas l'atteindre. La route avait craqué au-dessus du collège et la vision des canalisations braquées vers le ciel était surréaliste.

Ils firent donc demi-tour et remontèrent vers le chemin du Serre de Lacan. Puis, après avoir rangé la voiture sur un terre-plein, ils grimpèrent doucement à pied, quelques mètres, jusqu'à pouvoir distinguer la vallée du Gardon défigurée, la rivière tempétueuse ayant tout emporté sur son passage.

Tandis qu'ils marchaient côte à côte sous une pluie fine et un ciel si bas qu'il semblait vouloir s'effondrer, Patrick Ussel lança tout à coup : « Vous êtes une femme étrange, Dominique Brenner.

— Ah ?

— Hier soir, vous aviez l'intention de me chasser de chez vous, puis finalement vous avez passé la nuit à me raconter la vie de votre sœur avec plus de détails que j'en espérais. »

Un sourire jouait sur son visage, amusé et intrigant.

« C'est ce que vous vouliez, non ? Soyez content », répondit-elle avec détachement, sans comprendre où il voulait en venir.

Il précisa sa pensée : « Vous m'avez raconté la vie de Carol Eden avec une netteté et une précision telles qu'on pourrait penser que vous l'avez vous-même vécue. J'ai eu le sentiment que vous aviez besoin de libérer cette parole pour vous soulager l'esprit. »

Un silence s'installa un instant, lourd, éloquent.

« Vous n'étiez pas toujours à ses côtés, n'est-ce pas ?

— J'y étais souvent.

— Souvent, oui. Mais pas toujours. Pas plus que vous n'étiez au fond de son cœur et de son âme.

— Je vous rappelle que nous étions jumelles.

— Vous étiez sa jumelle, oui. Mais vous n'étiez pas elle. »

Elle marchait sans répondre, tête baissée.

« Pourquoi, après tout ce temps, vous obstinez-vous à garder encore certaines choses secrètes ? » demanda-t-il, puis, sans lui laisser le temps de répondre : « Vous n'êtes pas celle que vous prétendez être, n'est-ce pas ? »

Le silence se fit à nouveau, embarrassant.

« Vous n'êtes pas Dominique Brenner ! », insista-t-il.

Il l'attrapa délicatement par les épaules et la fit pivoter face à lui. Elle le regardait, les yeux embués.

« Vous êtes Nelly, n'est-ce pas ?... Vous êtes Carol Eden !

— Taisez-vous, murmura-t-elle d'abord, avant de le crier plusieurs fois de toutes ses forces : taisez-vous, taisez-vous, taisez-vous, tout en le poussant, les mains posées à plat sur sa poitrine, comme si elle cherchait à l'entraîner vers le précipice.

— Je suis votre fils », cria-t-il encore plus fort et elle eut l'impression glaçante que l'écho avait répercuté sa voix.

Son cœur s'arrêta un instant de battre et elle tomba comme une masse au milieu du chemin, sans qu'il puisse la retenir. Quand elle revint à elle, elle avait la joue en sang, écorchée par les cailloux.

Cependant qu'il tamponnait la blessure avec un mouchoir en papier, Patrick Ussel lui demanda à voix basse si ça allait. Il glissa un bras derrière sa taille, la souleva délicatement, puis la porta jusqu'à la voiture et l'allongea sur la banquette arrière où elle se recroquevilla sur elle-même pour s'empêcher de trembler. Tout au long du trajet, elle ne cessait de l'observer dans le rétroviseur intérieur. Lorsque leurs regards se croisaient, elle baissait la tête.

En franchissant le portail du Mazet, il dit : « Je sais garder un secret », puis, la tête tournée vers elle : « Surtout un secret de famille ! »

Elle était trop hébétée pour dire un mot.

C'est lui qui prit la parole lorsqu'ils se retrouvèrent dans le salon. Il ne pouvait rester immobile : il allait et venait, s'asseyait, se relevait, libérant avec un débit de mitraillette ce qu'il gardait sur le cœur depuis des années. Elle l'écoutait, debout, tournée face à la baie vitrée. Des larmes brûlantes lui venaient, qu'elle ne prenait pas la peine de refouler. À des moments, réagissant à ce que disait cet homme dont elle savait maintenant qu'il était son fils, sa respiration devenait saccadée et son corps tout entier s'agitait de sanglots et de tremblements.

Il évoqua ce jour, lundi 10 juillet 1967, qu'elle aurait tant voulu oublier. Oublier l'endroit, la clinique Nicolo, au 38 de la rue éponyme, un établissement réputé du XVIe arrondissement où elle était entrée dans le secret le plus strict. Il lui rappela sans se plaindre à aucun moment son sort d'enfant non désiré, fils d'un couple pas comme les autres qui veillait moins à son épanouissement amoureux qu'à la pérennité d'une carrière déjà florissante, mais qu'un tel événement aurait pu déstabiliser.

De son côté, elle aurait voulu expliquer l'inexplicable, dire à quel point elle regrettait de s'être laissé dicter sa vie. Dire combien elle aurait préféré vivre son accouchement comme n'importe quelle autre femme, anonyme et heureuse de partager ce moment avec l'homme qu'elle aimait. Mais la douleur lui bloquait la gorge et la poitrine.

Elle se contenta de l'écouter ; après tout, elle lui devait bien ça. Et il déroula le fil de sa vie sans elle, sans jamais la juger.

Le récit de ses premières années, il le tenait de ses parents adoptifs, maman et papa Ussel, un couple de notables de Boulogne, férus d'art, elle commissaire de salons et d'expositions, lui architecte, qui l'avaient recueilli à l'âge de huit mois aux Nids de Paris, accueil de l'enfance orpheline où ses géniteurs l'avaient confié. Il raconta son bonheur avec eux, l'amour et la confiance partagés. Il avait été leur enfant unique, vénéré, protégé, le centre de toutes les attentions. Il sortit des photographies de sa serviette en cuir noir et s'approcha d'elle pour les lui montrer.

Ça lui tordait l'estomac de voir ces images d'un bonheur qui n'était pas le sien, celui d'une famille soudée où le petit garçon avait l'allure d'un roi. Elle n'aurait pu dire qu'elle le reconnaissait ce petit garçon, puisqu'elle ne l'avait jamais vu. Pas même le jour de sa naissance. Un drap opaque posé sur elle l'avait empêché de voir son ventre et la sage-femme avait emporté loin d'elle le bébé, enveloppé d'un linge, à peine avait-elle eu le temps de sentir sa chaleur contre ses cuisses et d'entendre son premier vagissement. Évoquer ce souvenir lointain, mais si présent dans le cœur, la faisait vaciller de chagrin et de culpabilité.

Tremblante, elle alluma une cigarette, en aspira une longue bouffée, avant d'expliquer d'une voix altérée par le chagrin : « J'étais prisonnière de mes ambitions de chanteuse, tu comprends ? Sous le joug d'un mentor qui prétendait qu'un enfant ça fout en l'air une carrière. Il ne fallait pas davantage qu'on me sache liée à un homme, je ne devais appartenir qu'au public. Mon histoire d'amour avec Torel est donc restée secrète, de même que ma grossesse survenue à mes débuts, au temps où chanter me rendait pleinement heureuse. Et puis, je ne savais rien faire d'autre... Oh, je ne cherche pas à me justifier, ni à fuir mes responsabilités ! J'avoue avoir préféré chanter plutôt que d'être mère. Ce doit être ça. Sans quoi tu ne serais pas ici, aujourd'hui, pour me le rappeler. Pour autant, il me semble n'avoir rien décidé du tout et m'être laissé porter… »

Elle cherchait les mots justes pour exprimer ce qu'elle ressentait au plus profond d'elle-même, ce pour quoi sa présence la bouleversait. Car il incarnait l'événement de sa vie, la faute, l'erreur, le remords, qu'elle avait vainement cherché à oublier.

Mais demeuraient définitivement gravés dans son cerveau les mois passés à se serrer le ventre avec des bandes élastiques pour masquer son état, puis la chambre lugubre de la clinique où elle était restée cloîtrée plusieurs jours, les murs désespérément blancs, comme les rideaux à voilage de la fenêtre, dont elle comptait pour tuer l'ennui les motifs géométriques imprimés gris clair, triangles et carrés, la demande faite que le secret de son identité soit préservé, la douleur pendant l'accouchement suivie immédiatement de celle d'une autre sorte de déchirement, la sage-femme emportant l'enfant tandis qu'elle demandait si c'était une fille ou un garçon, la voix sèche comme un couperet de la mégère lançant que ça n'avait aucune espèce d'importance qu'elle le sache puisqu'elle avait décidé de l'abandonner. Puis ses forces épuisées, pendant tout le temps qui avait suivi, à chanter et courir le monde pour ne pas se laisser aller au désespoir…

Mais le passé finit toujours par vous rattraper. Elle en était venue à haïr tout ce qui l'avait contrainte à renoncer au bonheur d'être mère : son mari, le métier, le public. Et il avait fallu un autre événement tragique, la mort de sa mère et de sa sœur, pour provoquer enfin, sans qu'elle l'ait vraiment décidé, son retrait de ce microcosme de simulacres et de faux-semblants.

Il la supplia de ne pas se sentir coupable, il répéta plusieurs fois qu'il ne lui reprochait rien. Elle ne devait avoir ni regret ni honte de ce qu'elle avait fait. Pas même de sa faiblesse, de sa soumission à l'autorité de cet homme qui, en lui donnant une autre identité, avait réalisé ses rêves de gloire. On ne pouvait réussir partout, n'est-ce pas ? Il jura que tout était pardonné depuis longtemps, que tout cela ne comptait plus, que ça n'avait même jamais vraiment compté puisqu'il avait été éduqué et aimé par ses parents adoptifs comme on ne pouvait l'être mieux, que s'il était venu jusqu'à elle c'était pour répondre à une curiosité, pour l'approcher, la voir, lui parler, sans arrière-pensée.

« Et cette biographie ? demanda-t-elle.

— Un prétexte.

— Tu n'es pas journaliste ?

— Non. Je suis galeriste. J'expose notamment les œuvres de ma mère. J'ai inventé ce scénario pour pouvoir t'approcher, enfin pour approcher ta sœur et parler de toi puisque je ne savais pas encore que tu étais en vie. Et j'ai été bouleversé quand j'ai compris que c'est à toi que je parlais. Je l'ai vite compris. L'instinct filial, sans doute (*il sourit*). Et ce fut un plaisir de partager tout ce temps ensemble, malgré les conditions climatiques. »

Il espérait que le plaisir était partagé. Elle hocha la tête et dit qu'elle était heureuse de faire enfin sa connaissance, que depuis ce jour maudit elle n'avait jamais cessé d'attendre cet instant.

« La météo nous a été profitable, en fait », lança-t-elle entre le rire et les larmes.

Oui. Sans cette nuit cataclysmique, la rencontre n'aurait peut-être pas eu lieu. Il rit aussi, puis ils se regardèrent dans les yeux, émus. Un instant troublant et délicieux à la fois. Elle demanda pardon, une fois encore. Il posa un doigt sur sa bouche : « Chut ! » Alors elle se replongea dans les photos pour dissiper le saisissement qui s'emparait d'elle. Il raconta l'histoire de chacune d'elles, les situant dans le temps et dans sa vie. Cela la bouleversait de voir grandir en images ce fils qu'elle n'avait pas voulu. Elle éprouvait aussi cette sensation douloureuse qu'on éprouve lorsqu'on pénètre dans un monde inconnu dont on est exclu.

Pour lui, elle était un visage et une voix de son enfance. Il ne savait pas qu'elle était sa mère biologique lorsqu'elle lui était apparue pour la première fois dans le poste de télévision et qu'elle l'avait complètement envoûté par son talent et sa beauté. Une attirance qu'aucun mot ne saurait exprimer. Ce qu'elle chantait alors lui parlait au cœur :

Sur les chemins d'enfance
Dans une vie lointaine
Au ciel de l'innocence
Tous ces airs me reviennent

*Languissantes rengaines
Jaunes et bleues quand j'y pense
Le voyage commence
Venez, je vous emmène*

Dans le jardin de mon enfance…

Il se mit à fredonner ces vers et elle reprit avec lui, en riant.

« Tes parents t'ont acheté mes disques, alors ?

— Oui, quelques-uns. Et maman m'a emmené un soir à l'Olympia pour t'applaudir.

— Tu ne savais toujours pas, à ce moment-là…

— Non. Maman ne savait pas non plus…

Elle m'avait juste appris, dès que j'avais été en âge de comprendre, que papa et elle m'avaient adopté, mais qu'ils ne s'étaient jamais souciés de savoir qui étaient mes géniteurs. »

Elle était suspendue à ses lèvres, attendant qu'il raconte.

« Quand mes parents m'ont adopté, on ne leur a pas révélé ton identité. Je ne l'ai su que plus tard. Beaucoup plus tard, lorsque j'étais adulte. Par la sage-femme qui t'a accouchée. Elle a suivi mon dossier avec un grand intérêt, je crois qu'elle t'aimait bien, enfin, disons qu'elle était fan de Carol Eden, la chanteuse, alors elle a veillé de loin à ce que je devenais, c'était une façon indirecte d'être reliée à toi. Elle ne s'est jamais répandue, ni dans la presse, ni nulle part, elle a su garder le secret pendant toutes ces années. Jusqu'au jour où elle a appris ta mort. Ça l'a frappé douloureusement. Il a fallu alors qu'elle s'épanche auprès de quelqu'un. Elle a donc contacté maman, pour lui dire la vérité.

— Et depuis tout ce temps... »

Il fit non de la tête.

« Maman ne me l'a pas dit tout de suite. C'était difficile pour elle. Puis, me révéler que la femme qui m'a mis au monde était la chanteuse que j'idolâtrais quand j'étais môme... C'était un peu compliqué, tu comprends ? »

Il rit. Elle ne riait pas, ces confessions la touchaient au plus profond d'elle-même.

« J'en ai un peu voulu à maman... Puis, j'ai compris combien ce devait être difficile pour elle aussi. Même si elle savait qu'elle pouvait me faire confiance, puisque notre amour était indestructible… Finalement, comme elle préférait que je parle de cela avec la sage-femme, elle m'a mis en relation avec elle.

— Tu as parlé à cette femme ?

— Oui. J'ai su l'essentiel de ma naissance par elle, qui s'est prise de tendresse pour moi. C'est à ce moment-là que j'ai réfléchi à une stratégie pour t'approcher, enfin, pour approcher Dominique Brenner. Puisqu'on te croyait morte. »

Ils échangèrent des regards embarrassés dans un parfait silence. Quelques minutes.

« Tu dois me détester, murmura-t-elle.

— Pourquoi dis-tu ça ?

— Je ne suis pas très fière de ce que j'ai fait, tu sais. C'est horrible de prendre l'identité d'une autre, en particulier de sa sœur.

— La faute à Torel, encore ?

— Oui, c'était son idée. Mais, je ne l'ai pas contredite. Je n'en pouvais plus d'être Carol Eden. Je voulais me défaire du personnage, de ce portrait d'apparat. Retrouver le calme et la quiétude de l'anonymat. Il me fallait tuer Carol Eden. »

Mardi matin, après le petit-déjeuner, ils descendirent jusqu'à Anduze, abandonnèrent la voiture à l'endroit où la route était éventrée, puis continuèrent à pied jusqu'au cœur de la ville.

S'offrit à eux un spectacle de désolation. Une vague de quatre mètres, retenue un temps par le pont submersible en contrebas de la route d'Alès, avait furieusement envahi tout le bas de la ville, charriant boue, branchages, gravats, et emportant tout sur son passage. Un amas de voitures soulevées par les flots bloquait la route de Générargues, devant le bar du Pont. Des arbres arrachés gisaient de toutes parts, notamment en travers du parking Pélico. Des coulées d'eau terreuse, tombées continûment des deux rochers massifs encadrant le bourg, en particulier le rocher de Saint-Julien qui le surplombe, n'avaient pas épargné les quartiers les plus hauts, autour de l'église. La rue du Château Vieux avait explosé et les canalisations du tout-à-l'égout déversaient à gros bouillons leurs eaux sales dans les caniveaux. L'eau arrivait de partout, c'était démentiel.

Les gens s'affairaient à assécher les sous-sols et rez-de-chaussée, après avoir sorti sur le trottoir ou au milieu des rues les meubles, appareils ménager, revêtements de sol imbibés d'eau boueuse et objets dégradés. Une chaîne de solidarité se constituait entre les habitants pour accélérer le nettoyage et préparer la reconstruction.

Ils avaient l'impression de traverser une zone de guerre. Se sentant inutiles dans leurs habits propres et trop occupés par leur histoire personnelle, ils étaient vite rentrés, puis revenus le samedi après-midi.

Patrick Ussel était resté toute la semaine au Mazet, il espérait pouvoir partir tranquillement le dimanche. Elle avait profité de lui tout ce temps et s'en réjouissait.

Cinq jours avaient passé depuis la nuit insolite qu'ils avaient vécue l'un près de l'autre. Ils marchaient dans la ville sinistrée, sous un étrange ciel violet, tirant sur le rose. Sous l'effet du soleil et de la douceur des températures, la boue s'était muée en une poussière volatile et envahissante qui collait au visage au moindre souffle de vent. Des camions, des fourgons et des grues envahissaient le plan de Brie. Les secours, pompiers et personnel du service communal des travaux, appuyés par l'armée, intensifiaient leurs efforts pour venir en aide aux habitants. Des volontaires arrivaient de partout. On nettoyait à grands seaux d'eau claire, précieux sésame enfin revenu, le mobilier souillé par la boue et on bourrait des conteneurs entiers de déchets.

« Oh mon Dieu ! C'est comme en 1958, à la même période ! », s'écriait une femme qui racontait ensuite, tout en remplissant un sac poubelle d'objets irrécupérables, qu'elle avait perdu alors un de ses cousins, âgé de quatre ans, et remerciait le Ciel qu'au moins, cette fois, on ne compte aucun mort.

Elle ne cessait de l'observer à la dérobée, incapable de pénétrer ses pensées. Tout semblait si irréel. Maintenant qu'ils s'étaient enfin rencontrés et reconnus, elle retrouvait en lui, de façon troublante, alors que cela ne l'avait pas précisément frappée pendant la nuit de dimanche à lundi, des traits physiques communs avec elle et avec Allan Torel, un étonnant mélange de deux êtres si dissemblables mais indissociables comme l'eau et le vin. Cette ressemblance lui plaisait, elle s'y accrochait comme à quelque chose qui lui appartenait ou qui lui revenait.

Elle savourait pleinement l'instant, tout en se demandant s'ils allaient se revoir, continuer cette histoire, construire une relation durable. Leur vie allait-elle se trouver modifiée ? Se posait-il la même question ? Elle n'en savait rien, mais l'espérait de toute son âme, consciente toutefois de ces choses perdues qui ne se rattrapent plus.

Merci pour leur aide précieuse à Christine Kovacs et Hervé Pijac.
Un merci particulier à Mathurine Bardet pour ses conseils avisés.

DU MEME AUTEUR

Biographies

Patrick Bruel, au fil des mots, L'Archipel, 2023.
Julien Doré, à fleur de pop, L'Archipel, 2023.
Serge Lama, la rage de vivre, L'Archipel, 2022.
Jacques Dutronc, l'insolent, L'Archipel, 2021 / Archipoche 2023.
Johnny Hallyday, femmes et influence, Mareuil, 2020.
Sophie Marceau, en toute liberté, Mareuil, 2019.
Patrick Bruel, des refrains à notre histoire, L'Archipel, 2019.
Sheila, une histoire d'amour, City, 2018.
Michel Sardou, sur des airs populaires, City, 2018.
Jean-Jacques Goldman, vivre sa vie, City, 2017.
Johnny immortel, L'Archipel, 2017.
Françoise Hardy, un long chant d'amour, L'Archipel, 2017.
Jane Birkin, la vie ne vaut d'être vécue sans amour, L'Archipel, 2016.
Julien Doré, love-trotter, Carpentier, 2015.
Johnny, la vie en rock, L'Archipel, 2014, édition augmentée 2015.
Johnny live, L'Archipel, 2013.
Sardou, vox populi, Didier Carpentier, 2013.
Sheila, star française, Didier Carpentier, 2012.
Juliette Binoche, instants de grâce, Grimal, 2011.
Sophie Marceau, la belle échappée, Didier Carpentier, 2010 / édition augmentée 2015.
Les Années 60, rêves et révolutions, Didier Carpentier, 2009.
Édith Piaf, le temps d'illuminer, Didier Carpentier, 2008.
Sylvie Vartan, jour après jour, Didier Carpentier, 2008.
Sheila, biographie d'une idole, Tournon, 2007.
Johnny Hallyday, l'éphéméride, Tournon, 2006.

Roman

Le Chemin d'enfance (Retour en Cévennes), Éditions GabriAndre, 2009, Prix Vallée-Livres